マイ・グレート・ファーザー

My Great Father

Yomei Hiraoka

平岡陽明

文藝春秋

マイ・グレート・ファーザー

装幀　中川真吾
装画　福田平八郎《雲》
大分県立美術館蔵

亡き父へ

1

約束の日、時岡直志《ときおかなおし》は十四時過ぎに横浜の自宅マンションを出た。途端に熱波が顔のまわりを包み込んだ。歩いて五分もする頃には、顔じゅうから汗を噴いていた。ポロシャツも体にべとべとと纏《まと》わりついて気持ち悪い。このところの日本の夏の酷暑は常軌を逸している。

日陰を辿り辿りしつつ、横浜駅まで出て、電車に乗った。カメラマンとしての師にあたる、大山一郎《おおやまいちろう》の自宅を訪れるためである。こんなふうに大山の家へ足を運ぶのはいつ以来のことだろうか。あれは大山が還暦を迎えたとき、一門の弟子たちで集まったのが最後になるから、十数年ぶりのことになるはずだった。

あの時の大山は赤い贈り物に囲まれて嬉しそうにしていた。末弟子の直志は当日かぎりの専属カメラマンとして、部屋のあちこちから、またあらゆる角度から、師と兄弟子たちを写真におさめた。今となっては、カメラを置いてしまった兄弟子のほうが多かった。

弟子たちは独立するとき、大山にこう言われるのを常とした。

「年賀状もお中元も要らない。その代わり、カメラマン廃業を考えたときは一度だけ俺のところに相談に来い」

その言いつけを守らねば、と思いつつも、正式に廃業しようか思い悩んでいるうちに、二年の月日が経ってしまっていた。今日、訪問するつもりになったのは、これ以上、決断を引き延ばすことの方が心理的に辛くなってきたからだった。一週間前に、相談したいことがあるので自宅を訪ねていいかと尋ねた。大山は「電車で来なさい」とだけ言って電話を切った。

手土産を持って、歩いて大山の自宅へ向かった。東京の郊外にある閑静な住宅街の一軒家だった。この土地に駅から徒歩圏のマイホームを構えていることは、大山のカメラマン人生が成功であったことを物語っていた。

門扉の前を二度ばかり行き来したあと、自分の二の腕あたりをくんくんと嗅いだ。人と会うとき匂いを確かめるようになったのは、カメラで食えなくなり、生ゴミ収集のバイトを始めてから身についた習慣だった。体に染みついた現場の匂いは、洗っても洗っても抜け切らないことがあった。とくに夏場の生ゴミから立ちのぼる臭気はひどい。自分はその臭いにとっくに慣れてしまったが、それ故にバイト仲間以外と会うときは、努めて体臭に気を使うようにしていた。

匂いに支障がないことを確認してからインタフォンを押した。白髪の目立つようになった大山の妻が出てきて、応接間へ案内してくれた。テーブルの上には、すでに水割りのセットが用意されていた。このために電車で来いと言われたのだ。ウィスキーの瓶はまだ封を切られておらず、今日のために夫妻が購《もと》めてくれたものかもしれなかった。

目にも涼しげな水玉模様の浴衣を着て、大山が現れた。

「よっ、辞めんのか？」

微笑に毒を含ませながら尋ねてきた。直志は苦笑を以ってこれに応えた。

「僕ももう、四十六ですから。これでも保《も》った方じゃないですかね」

大山がいきなり訪問の核心をついてくれたことは有り難かった。十数年ぶりの来訪が廃業の報せであることに、多少の居心地のわるさを覚えていたからだ。

「まあ、飲めや」

大山は袂《たもと》を上手に捌《さば》きながら水割りをつくってくれた。現役時代から洒落者の師匠だった。引退してからは和服で過ごすことが多いと聞いていた。素人目にもなかなか粋な着こなしに見える。それに比べて、と直志は己の不格好さを恥じざるを得なかった。ファストファッションで上下を固めている。カメラマンは身なりも商品価値の一つであることは百も承知だった。だが貧すれば鈍するで、ここ数年、生活が苦しくなってからは、ほとんど構わなくなってしまった。むかし凝っていた値の張るヴィンテージのデニムも、すっかり古着屋に売り払ってしまった。

「大方そんなことだろうと思って、これを引っ張り出しておいたんだよ」

大山が何枚か綴《と》じられたコピー用紙をテーブルの上に広げた。

「ここには二百の雑誌社の連絡先が書いてある。まだやりたい気持ちがあるなら、片っ端から電話をかけてみたらどうだ。少し古い資料になるが、アポを入れて、作品集《ポートフォリオ》を持って足を運んで、仕事を下さいってお願いしてみるんだ」

直志は資料を手に取り、ぱらぱらと捲《めく》った。そんなことならとっくの昔にやりました、とは言いづらかった。この二年ほど、直志は旧知の編集者に、それこそ片っ端から連絡を取ったのだ。

――たまには仕事を下さいよ。

冗談めかしながらも、じつは切実なお願いを口にした。しかし芳《かんば》しい応答は一度もなかった。一度も、だ。

「もう一つはこれだ」

大山が一枚の紙をテーブルの上に置いた。中華料理店のホームページか何かのプリントアウトらしかった。

「久世《くぜ》さんの店だけど、覚えてる?」

直志は頷いた。久世は大山の古くからの知り合いで、一門の集まりがあるときは彼の中華料理店をよく使った。弟子たちも何かの集まりがあるときは積極的に利用した。久世の店を使うと大山が喜ぶからだ。

「久世さんに事情を話したら、いつでも歓迎するって言ってくれたよ。週休二日で、手取りは二十七万。正社員扱いで、社会保険完備。もちろん交通費も支給する。ただし初めは皿洗いからやってもらうから、そこだけは覚悟しておいてくれって」

大山はプリントアウトの端に記してあったメモを一息に読み上げた。それからソファの背もたれに身をあずけ、俺にできるのはこれくらいだよ、とつぶやくように言った。

久世さんの店に世話になれるなら、悪くないのかもしれなかった。社員にして貰えたら、少しずつでも借金を返していける。

借金で首が回らなくなりつつあること。それが直志に廃業を決意させた最大の理由だった。すべては住宅ローンの返済のために借りたものである。

久世の店に興味がありそうな素ぶりを見せると、大山は「いまから聞いてみようか」と立ち上がった。まだ決めた訳では……と遠慮がちに制止したが、大山は「いいんだよ。聞いてみるだけだから」と部屋を出て行った。せっかちなところは昔と変わらない。

ひとりで部屋に残された。壁には古い広告ポスター群が並んでいた。昭和を代表する女優が、日本を代表する化粧品会社の商品を持ち、笑顔をつくっている写真。世界中の女性が憧れるジュエリーブランドのダイヤの指輪。誰もが聞いたことのある高級ブランドの腕時計。

いずれも大山が八〇年代に撮った広告写真だった。どの写真も背景が暈《ぼか》しに暈してあるのは、当時一世を風靡《ふうび》した手法だった。大山はその流行のど真ん中にいた。直志はそんな大山に憧れて弟子入りしたのだった。

大山が古めかしいガラパゴス携帯を持って戻ってきた。それは大山が時代に取り残された象徴と見ることができたし、悠々自適の隠居生活を送っている証《あかし》と見ることもできた。大山はそれを使って久世に電話をかけた。

「あ、久世さん？　このまえ話した弟子の時岡ね。いま目の前にいるんだけど、もしお世話になりたいって言ったら、いちど連れて行ってもいい？　うん。そうそう。ありがとう」

ものの一分の電話で、なんとなく話がまとまってしまった。大山は師匠としての務めを果たして一安心したらしく、ソファに深く座りなおし、グラスを傾けた。そして兄弟子たちの近況について語り始めた。

直志はその話に耳を傾けながらも、心の一隅が雲におおわれているのを感じた。師に伝えるべきことは伝え、来訪の目的は果たした。だが、このまま流されるようにカメラを置いてしまっていいものだろうか。今更ながら、そんな思いがじくじくと心を衝いてきた。情けなかった。思い悩んだこの二年は、なんのためにあったのか。

雑談が尽きると小一時間が過ぎていた。近いうちに久世の店を一緒に訪れる約束をして大山邸を出た。

表はすでに日が傾き始めていた。夕暮れどきの街を駅へ向けて歩き出すと、額にうっすら汗が滲《にじ》んだ。冷房で適度に冷やされた体にはむしろ心地いい汗だった。酷暑がやむ気配のない夏も、この時刻になるといくぶん凌《しの》ぎやすくなる。

一つ目の角を曲がるまでは、大山邸に大きな忘れ物をしてきてしまったような感覚に囚われていた。まだカメラを置きたくない、と駄々をこねる赤子が胸中にいた。二つ目の角に差し掛かる頃には、もう一人の分別ある大人の直志が、その赤子を諄々《じゅんじゅん》と諭していた。カメラで食えなくなったから、カメラを置く。至極、当然なことではないか、と。

なんのことはない。この二年ほど悶々《もんもん》とくりかえしてきた問答を、二つの角を曲がるあいだに再演していたに過ぎなかった。師の手を煩《わずら》わせたのだから、きっぱり諦めろ。そう己を叱りつけた時だった。不意に空から声が降ってきた。

「戻れ」

直志は立ち止まり、上空を見上げた。当然だが、茜《あかね》色に染まった雲の他には何者の姿も認められなかった。水色とオレンジが捩《よじ》れ合う夕暮れのグラデーションが、どこまでも続いているだけだ。空耳だろうか。

そしてなぜかふと、この空を作品としてカメラに収めたいと思った。こんなふうに心を動かされたのは実に久しぶりのことだった。生活に追われ出してからは作品の撮影どころではなかったからだ。作品撮り用の愛機であるライカのＭ６は道具箱の奥にずっと蔵《しま》われている。

夕空にじっと見入った。重たそうな買い物袋を提げた女性が、「何事か」と、同じように空を見上げながら通り過ぎていった。やがて直志は地面に伸びた己の長い影に目を落とした。それはゆらゆらと揺蕩《たゆた》い、今にも消え入ってしまいそうだった。

「戻れ」

謎の声を反芻《はんすう》した。空耳や幻聴でなければ裡《うち》なる声の具現化であろうと解釈した。

直志は踵《きびす》を返し、いま来た道を歩き始めた。久世の店を訪れる約束をいったん白紙に戻してもらおう。そうすることで、もう一度だけ自分の白紙の気持ちと向き合うのだ。ふたたびチャイムを鳴らしたら大山は驚くだろう。だがいま戻らなければ、きっと後悔する。その一事が、羞恥やためらいを振り払った。直志は十六歳で父を亡くしていたから、自然と大山を第二の父と仰ぐことが多いことは自覚していた。だからこそ甘えたくなかった。だがこれは甘えだろう。そう思うと頬が熱くなった。

最後の角を曲がった。驚いたことに、大山が玄関先で逆光に目を細めながら悠然と煙草を吸っていた。大山の口から吐き出された煙は、つかのま入道雲のような形をとり、やがて夕暮れに掻《か》き消えていった。直志が目の前まで行くと、大山はにやりと笑った。

「二本喫《す》うあいだに、お前が戻ってくるような気がしてたんだ。なんとなく片づかない顔をしてたから」

家の中へ促されたが、直志はここで結構ですと丁重に断った。そして戻った理由を告げようとしたら、

「迷ってるんだろ?」

大山に機先を制された。直志は微かに頷いた。

「わかるよ」

大山は再び煙草に口をつけて、訥々《とつとつ》と語り出した。

自分の退《ひ》き際くらい、自分で決めればいいさ。俺も末弟子がカメラマンを辞めちまうのかと思うと、寂しかったんだ。久世さんには俺からうまく言っておくから心配しなくていいよ。また一週間後の同じ時間に、答えを持って来な。ただし、と大山はそこで語気を強めた。

「ひとつだけ宿題を出しておく。これまでの自分にいちばん足りなかったものは何か、考えてくるんだ。それについて考えるのは、カメラマンを続けるにせよ、辞めるにせよ、今後の人生に絶対に役に立つから」

それはカメラマンとしての自分に足りなかったものですか、と直志は尋ねた。むろんそうだと師は答えた。

直志は大山に辞意を告げて、ふたたび駅へ向けて歩き出した。みっともない姿を晒《さら》してしまったという気持ちと、それを温かな心づかいで包んでもらえたという気持ちが、こもごも湧いてきていた。

自分のカメラマン人生にもっとも足りなかったもの……。それは何だろう。才能やセンス、腕や営業力に先見性。そうしたものが少しずつ足りなかった気がする。大いに足りなかったものもあるだろう。だがここで問われているのは、もっと別なもののような気もした。果たして一週間でその答えが見つかるだろうか。

どこからともなく、夕餉《ゆうげ》の香りが漂ってきた。侘《わび》しくもあれば、懐かしくもある匂いだった。それに心惹かれていると、ポケットに入れたスマホが震えた。息子の玲司《れいじ》からのメッセージだった。

〈チャーハン切れた。買ってきて〉

2

スーパーで冷凍チャーハンを六パック買い、保冷剤を詰めこんで帰宅した。シンクには食器類が乱雑に投げ込まれていた。玲司が最後の冷凍チャーハンを食い散らかした残骸だ。

洗い物を始めると、背後で玲司の部屋のドアが開く音がした。すぐに閉まる音が続く。トイレへ行きたいという合図だ。直志は手早く洗い物を済ませ、玲司の部屋のドアをノックした。

「十秒後」

そう告げて、急いで衝立の陰へ身を隠した。きっかり十秒後、玲司が控えめな足音を立ててトイレへ向かった。直志は息を潜めて息子が用を足すのを待った。そして玲司が部屋へ戻ると、いつのまにか浅くなっていた呼吸を取り戻すために、ふう、と深く息をついた。

――もう、高校へは行かない。

玲司がそう宣言したのは二ヶ月前のことだ。まだ高一の一学期も終わっていない時期だった。理由を尋ねるとたった一言、「疲れた」という答えが返ってきた。感情を押し殺したような口ぶりだった。

それから玲司は一度も家を出なかった。それどころか直志が家にいる時は、リビングにすら姿を見せたがらなかった。1LDKの一部屋は玲司に与え、直志はリビングの隅に衝立を立ててそこで寝起きした。だから玲司がトイレに行きたがる度に、こうして衝立の陰に身を隠さねばならない。

どう接すればいいか分からなかった。どんな言葉を掛ければいいのかも分からなかった。直志はちょうど今の玲司の年齢で父親を亡くしていた。だから範《はん》とすべき父親像を持ち合わせていなかった。模範になるような父親でもなかったのだが。

この年頃の子が陽に当たらないのはさすがにまずいだろうと、何度も外へ誘った。食事、散歩、買い物。玲司は頑として応じなかった。それでもめげずに誘った。自分でもしつこいと思うくらいに。すると玲司は会話を遮断した。意思の疎通はすべてメッセージアプリを通じてのものになった。

直志はアプリを通じて、なおも外出をうながした。焦りのあまり、脅すような語調になってしまったこともある。もともと通信簿に「気持ちが優しすぎる」と書かれるような子だった。

そんな子を脅してしまったのかと思うと気が滅入った。だが外には連れ出したい。八方塞がりだった。玲司がどう接して欲しいと思っているのか想像がつかなかった。それを相談できる相手もいなかった。カメラマン失格に加えて、父親としても失格なのではないか……。そう思うと、自分の精神がまだ正気を保っていることの方が不思議だった。やがて外出をうながすメッセージには返信すらなくなった。そんな気塞ぎな生活が、もう二ヶ月も続いている。

シャワーを浴びたあと、発泡酒をあけて、溜まっていた郵便物をテーブルに広げた。消費者金融からの今月の返済額を報せる緑色の封筒が目についた。もう見慣れてしまったので動揺はなかった。だが、動揺しなくなった自分には少しだけ動揺した。

直志は父親の久春《ひさはる》が借金で身を滅ぼす様を見ていた。だから借金だけはすまいと心に誓っていた。けれども住宅ローンの返済が滞れば、すぐにでもこの部屋を差し押さえられてしまうという状況には抗う術がなかった。毎月、数万ずつ摘《つま》んできたに過ぎない。だが塵《ちり》も積もれば、それは動かしがたい山となって、眼前に聳《そび》えていた。

国民年金の督促状もあった。期日までに支払わなければ強制徴収もあり得ると書かれている。預金残高などほとんどないぞ、やれるものならやってみろ、と胸中で毒づくのが精いっぱいの反抗だった。ここ数年は、財布の中も貧乏学生のように心細い額しか持ち歩けていない。

差し迫った出費はこれだけではなかった。つい先日、車を車検に出したら「ラジエーターを交換したほうがいい」と言われたし、玲司の塾代の振り込みも近づいていた。高校に行かなくなった玲司に「オンラインでいいから、せめてこれだけは出てくれ」と懇願して受講を承知させたものだ。

直志の目が、サイドテーブルに飾られた妻の姿を求めた。もし妻と共働きだったら、こんな困窮は避けられただろうか？　もし妻が生きていたら、玲司は引きこもりにならなかっただろうか？

彼女は写真立ての中で優しい笑みを浮かべるだけだった。彼女はもう歳を取らない。もう悲しまない。もう泣かない。その代わり触れることもできなければ、言葉を交わすこともできない。妻が亡くなったのは八年前。急性白血病だった。

「きちんと玲司を育てるって約束したでしょ。頑張ってよ」

そんな声がサイドテーブルの写真立てから聴こえてくるようだった。

いったい自分は、どこで間違ってしまったのだろう。自分のカメラマン人生に最も足りなかったものとは何か。大山から与えられた宿題について考えようとしたら、テーブルに置いたスマホが光った。玲司からのメッセージだ。

〈こんどオンラインゲームの大会に出たいんだけど、このゲーミングマウス買ってくれない？俺のマウスの性能が悪いと、チームのみんなに迷惑が掛かる〉

添えられた画像を見た。使途不明のボタンがたくさん付いた、装甲車のように背の高いマウスだ。価格を見ると五万円近くするので驚いた。どうしてもこれでなくてはいけないのか。もっと安いものでこれと似た性能のものがあるのではないか。そう思って玲司の部屋のドアをノックした。

「メッセージ、見たよ。申し訳ないけど今は買ってやれないな」

すぐに玲司からメッセージが届いた。

〈でもチームの足手まといになりたくない〉

玲司の気持ちは痛いほどよくわかった。玲司は引きこもりになってから、プロゲーマーになりたいと言い出した。どこかのオンライン・チームに所属していることも知っていた。プロゲーマーなど夢の世界の話だろう。だがこの広い世界で玲司の居場所が今はそのオンラインにしかないのなら、無下《むげ》に扱うことは絶対にできないと感じてもいた。

けれども現状の経済事情に照らすなら、五万のマウスをぽんと買ってやる訳にもいかなかった。もしこれが「一人旅に出たい」などという申し出だったら、どんなことをしてでも工面《くめん》してやっただろう。玲司の外出は、直志にとって今や悲願と言えるものになっていたからだ。

直志はドア越しに一つのプランを提示した。

「だったら俺と一緒に、ゴミ収集のバイトに来ないか。バイトは十六歳からオーケーだし、俺と同じ現場に回して貰えるように所長に頼んでみるから」

思いつきにしてはいい案だと思った。バイト代プラス日光浴。一石二鳥だ。だが、しばらく待っても返事はなかった。

「おい、聞いてるか」

催促するとメッセージが届いた。

〈もういい〉

最近の玲司の決まり文句だった。直志はこの四文字を浴びせられるたびに、胸を抉《えぐ》られる思いがした。あなたは何もわかってない。故にあなたには何も期待していない、と言われているような気がしたからだ。

とにかく、外に出てほしい。

明日から一泊で久しぶりの撮影仕事が入っていた。尻切れトンボのまま家を空けねばならぬことが心苦しかった。

3

車に機材を詰め込んで家を発った。行き先は伊東のゴルフコースである。フロントガラスの向こうには晩夏とは思えぬほどくっきりした青空が広がっていた。今日も暑くなりそうな予感がする。

目覚めた時から、なぜか頭に靄《もや》が掛かっている感じがして、体も重かった。それを振り払うためにボリュームを控えめにラジオを入れて、久しぶりの遠出を少しでも楽しもうとした。

ところが信号に捕まると、すぐに玲司の顔が浮かんだ。本当なら今日の撮影に連れて行きたいくらいだった。玲司に伊東の自然の空気を胸一杯に吸わせて、澱《よど》んだ細胞と総取り替えできたら、どんなに清々《せいせい》するだろう。

きのう見せられたゲーミングマウスの画像も浮かんだ。なぜゲームをするのに五万もするマウスが必要なのか、納得しづらかった。けれどもあれくらいぽんと買ってやれる父親でありたかった。

しばらく運転しても、頭に掛かった靄は取れなかった。バックミラーで自分の顔を見た。目の下にはわずかながら隈《くま》ができていた。もう何年も、ひょっとしたら十年以上のあいだ、風邪ひとつ引いたことがないのが密《ひそ》かな自慢の一つだった。なぜ、よりによってこんな日に……。そう思わざるを得なかった。なにかしら胸がざわめく。

ふと、この体調不良はメンタルから来たものかもしれないと思った。この二年、カメラマンを正式に廃業することばかり考えてきた。そのあいだにじわじわと心が削られてきた可能性は高い。それが昨日、大山邸を訪れてケジメをつけたことで顕在化したとは言えないだろうか。

やがて横浜横須賀道路方面の標識が見えてきた。この有料道路を使えば近道だが直志は黙殺して一般道を走り続けた。伊東へ行くときはいつもこうだ。〝横横〟を回避するのは父・久春の事故死現場を見たくないからだった。父は三十年前にゴルフ場へ向かう途中で、横横のカーブの側壁に衝突して亡くなった。今の直志と同じ四十六歳だった。

「本当に、あなたの両親っていう人たちは……」

父の葬儀のあと、母方の叔母に言われた。どうやら保険金詐欺疑惑を仄《ほの》めかしているように直志には聞こえた。たしかに不動産業を営んでいた父はバブルが弾けて借金まみれだった。叩けばホコリどころか、私文書偽造という前科まで出てくるキナ臭い人物でもあったのだ。

ゴルフコースに着いたのは昼過ぎだった。あいかわらず頭に掛かった靄は取れていなかった。こんなコンディションで満足のいく写真が撮れるだろうかと心配になった。しかし、レストランの片隅で新メニューの「紅鮭の香草焼き」と「特製ビーフカレー」を撮り終えると、信じられない成果が待ち構えていた。これまでのカメラマン人生で最高の料理写真が撮れていたのだ。

体調不良のせいで自分の目が曇っているのではないか。そう疑って全カットを見返してみた。やはりどの写真にも大山が撮ったような香気が漂っているように感じられた。紅鮭には、えも言われぬ照りがあった。カレーのルーも滑らかさが際立っており、写真からコクや甘みまで伝わってきそうだ。

どうして今更こんな写真が撮れてしまったのだろう？　思い当たる節があるとするなら、これが商業カメラマンとして最後の料理撮影になるかもしれない、という想いでシャッターを切ったからだ。

そのとき余計な思念は一切なかった。自分というものはなく、いい写真を撮ってやろうという気持ちすらなかった。それが結果として、生涯最高の料理写真につながったのかもしれない。

直志は静まりかえったレストランの片隅で、慎ましい悟りの一端をつかまえた気がした。ひょっとしたら自分に最も足りなかったものとは、これだったのだろうか……。

支配人と料理長が挨拶に来た。仕上がりを見せると、二人は一緒になって出来栄えを喜んでくれた。大山の教えの一つに、「プロよりもアマを満足させるほうが難しい」というものがある。直志は満更でもない気持ちになった。明日の早朝、朝焼けのコース写真を撮る約束を確認して、伊東駅の近くにあるビジネスホテルへ向けて出発した。

ゴルフ場を出ると、すぐに急峻《きゅうしゅん》な下り坂に入った。濃い緑におおわれた山道を運転しながら、自分にもあれくらいの料理写真が撮れるのかという余韻に浸った。すると突如、天から声が降ってきた。

「来い」

驚きにハンドルを取られ、車体がよろめいた。後続車から怒りに満ちたクラクションが鳴らされる。次の信号で停車したときも、心臓はまだ音を立てて鳴っていた。謎の声が聞こえたのは二日連続だった。昨日、大山邸からの帰り道に聞こえたのと同じ男の声だ。中年か、それよりすこし上くらいの声に感じられた。聞き覚えのない声であることは確かだった。やはり空耳か、そうでなければ幻聴だろう。メンタルのせいで自律神経をやられたのかもしれないという疑いは、ますます強まった。父が側壁に衝突したのは——もしあれが保険金詐欺でなかったとするならば——案外こんなことが原因だったのではないか。頭に掛かった靄、人生最高の料理写真、天から降ってきた声。何かチグハグな一日のような気がする。

ホテルに到着し、フロントで宿泊費の七千円を前払いして鍵を受け取った。伊東へ来たときの定宿で、この築五十年のホテルには何度も泊まったことがある。これで財布の中の残りは三千円と小銭が少しとなった。一泊出張に持ってくる現金は一万円と決めてある。節約のためだ。

部屋に入りスマホを充電しようとしたら、充電ケーブルを家に忘れてきたことに気がついた。使い古したスマホだからバッテリーの減りは速かったが、いますぐ充電が必要な訳ではない。あとでフロントで借りればいいだろうと、ベッドへ倒れるように横になった。久しぶりの遠出で疲れていたらしい。すぐにウトウトしてしまった。

短い夢を見た。父と二人で車で出掛ける夢だ。はっと目覚めると十五分が経っていた。

伊東へ来ると自然と父へ考えが引き寄せられるのはよくあることだった。父は亡くなる一週間ほど前にここへ逃避行を敢行したからだ。バブルが弾けて父の会社は倒産の危機にあった。自宅も競売に掛けられる寸前までできていた。それらすべてに嫌気が差したのだろう。そう心配する母と直志をよそに、父は失踪から四日後に帰ってきて、ケロッとした顔で告げたのだった。

「伊東競輪に行ってきた。旅先で仲間もできて、いやー、楽しかったよ」

二人は呆れてものも言えなかった。

このとき父はライカのM6を土産に買ってきてくれた。当時十六歳でカメラをいじり始めていた直志は小躍りするほどに喜んだ。名機の誉れ高いカメラだった。なぜこんな高価な物を買ってくれたのか聞こうと思っていた矢先、父は二日後に亡くなってしまったのだった。

直志はベッドから起き上がった。体は重いままだったが、せっかくの遠征先である。どこかを散歩して夕食までの時間を潰《つぶ》そうと思った。自然の中で空気を吸えば自律神経にもいい効果があるかもしれない。

ふと、道具箱の奥に眠るライカのM6を久しぶりに持ち出そうかと思ったが、やめた。ここ数年がそうであったように、ライカで自分の作品を撮るような気分には、やはりなれそうになかった。商業カメラマンとして需要のない自分が、芸術にこだわるなんて——。そんなある種の精神的な潔癖さが、ライカを取り出す手に待ったをかけるのだ。

ロビーで伊東の観光地図を手に取りホテルを出た。途端に全身から汗が噴き出す。八月も後半に入るというのに酷暑は一向に収まる気配がなかった。頭の天辺からアイスキャンディのように溶けてしまいそうだ。明後日からまたゴミ収集の現場に戻るのかと思うと気が重かった。汗をぬぐいつつ、緩やかな坂道を登りきった。駅前に垂れ幕が掛かっていた。

〈伊東競輪開催中〉

父が逃避行中に通い詰めたという競輪場だ。地図で確かめると伊東競輪場は少し離れた山あいの杜《もり》の中にあった。そのことが直志の気を惹いた。森林浴をしながら往復して汗をかけば、体調も戻るかもしれない。そういえば幼いころ、父によく川崎競輪場へ連れて行かれたな……と思い出していたら、またしてもあの声が空から降ってきたのだった。

「来い」

もはや空耳とは思えなかった。直志は堪《こら》え切れなくなって、「誰だ」と空に向かって尋ねた。誰が、なんの目的で、どこへ招《よ》ぼうとしているのか。直志は伊東の空を睨みつけながら答えを待った。だが、それが降ってくることはなかった。

諦めて、競輪場を目指して歩き始めた。市街地を抜けて川沿いの道に出ると、竹灯籠が置かれた遊歩道になっていた。川には大きな鯉が泳ぎ、その川向こうには由緒ありげな旅館が見えてくる。

伊東は山と海が近い街だから、空気に自然の匂いが濃い。本来なら玲司にこそ、この空気を吸わせてやりたかった。玲司の生《なま》っ白《ちろ》いうなじが目に浮かんだ。とにかく、外に出て欲しい。新鮮な外の空気を吸って欲しい。旅先でもふとした拍子にそのことが頭を占領する。

歩いていると額から汗が滴《したた》り落ちてきた。都心よりはいくぶん涼しく感じられるが、今年の酷暑はどこも同じことである。休憩を取りたいと思っていたら、ちょうど前方に濃い緑におおわれた神社が現れた。直志は一服の涼を乞うつもりで境内に足を踏み入れた。

そこは昼なお暗く、土も湿っぽかった。参道の脇に巨樹があった。直志はそれをひとしきり見上げ、大山ならどんな構図で撮るだろうと考えた。やはりライカのM6を持ってくれば良かったかもしれないとわずかに悔いた。シャッターは押さなくてもいい。ライカのレンズを通して被写体を覗くだけで、世界は一瞬だけ自分のものになる。そしてその間だけは、現実世界の嫌なことを忘れることができる。そのことが尊いのだ。

そんなふうに思ったのは、きのう大山邸のある街で、夕陽に心を動かされたことが大きいのかもしれなかった。移ろう美しい景色を、自分の目と指で切り取りたい。そんな衝動が自分の中にまだ生きていたのは嬉しかった。同時に、それがもう世に求められておらず、行き場を失っていることに向き合うのは寂しかった。

じめじめした石段をのぼり、本殿にお参りした。形ばかりの二礼・二拍手・一礼を済ませ、石段を降りかけたとき、ぐらっと揺れがきた。

初動の大きい地震だった。

靴底が滑り、足が石段をつかみ損ねる。しまった、と思ったときには、仰向けのまま転んでいた。石段に頭をぶつける音をスローモーションのように聞いた。目の前が昏《くら》くなった。

どれくらい倒れていただろう。「早く起き上がらなくては」という自分の意識の声だけを、暗闇の中で聞いた。次に聞こえたのは、けたたましいカラスたちの鳴き声だった。異変を察知して飛び立ったのだろう。

直志は恐る恐る起き上がった。後頭部に手を当てると痺《しび》れがあった。だが、外傷や瘤《こぶ》ができた訳ではなさそうだった。若いつもりでいるが反射神経は鈍っているのかもしれないと情けなく感じた。

石段の下にあるベンチで休んでから神社を出た。川沿いの道は先ほどまでの暑さが嘘のように涼しかった。今しがたの後頭部への一撃で調温機能に異常をきたしてしまったのだろうか。それとも夕立でもくるのか。直志はスマホを取り出して雨雲レーダーで確かめようとした。圏外だった。首をかしげた。

やがてある異変に気がついた。朝から掛かり続けていた頭の靄がすっきり取れ、体も若い頃のように軽くなっているのだ。いったい何が起きたのだろう？

その時だった。風に乗って、競輪場の打鐘《ジャン》の音が聴こえてきた。残り一周半、レースが勝負所に差し掛かった所であるらしい。鐘の音は徐々に高まり、音と音の間隔も次第に短くなってゆく。直志は得体の知れない胸騒ぎを感じた。

〈ようこそ伊東競輪場へ〉

そう書かれたアーチの前に立った。

ぞくりとしたものが、なぜか背中に走った。

4

懐かしい光景だった。

酒焼けした不健康そうな男たちが、場内のそこかしこにいた。ある者は地べたに尻をつき、ある者はベンチで立膝をしながら予想紙に目を光らせている。つっかけやサンダルを引っ掛けている者が多かった。

彼らは気怠《けだる》さと射倖心を綯《な》い交《ま》ぜにしたような独特の雰囲気を放ちながら、そこらじゅうに唾を吐き、紙屑を撒き散らしていた。むかし父によく連れられて行った川崎競輪場も、成らず者や敗残者たちの吹き溜まりに見えたものだった。とくに血眼《ちまなこ》で地面を探索している者たちの存在が、幼い直志には不思議で仕方なかった。

「なんであのおじさんたちは、いつも下を向いて歩いてるの？」

「あれは吸殻《シケモク》狙いの浮浪者か、間違って捨てられた当たり車券を探す拾い屋だ。害はないけど近寄るな」

彼らの中にはレースが終わるたびに、金網越しに選手たちへ罵声を浴びせる者がいた。あいつら車券も買ってねぇくせに、と父は吐き捨てるように言ったものだ。幼い直志にも、彼らが、ままならぬ境涯の鬱憤を選手たちにぶつけていることはなんとなく感得できた。どこを見回しても灰色で、人も地面もうす汚れている。それが直志にとって競輪場の原風景だった。

その頃とあまり変わらない光景が眼前に広がっていた。場内の雑踏ばかり目にしていると胸焼けしてしまいそうだったので、直志は広い空を見上げて一服の清涼を求めた。夏の陽はまだ大きな光を放っていたが、神社を出たときから感じている涼しさは続いていた。なぜ突然、こんなにも過ごしやすい気候に様変わりしたのだろう。だしぬけに秋が訪れたのか。しかしそれも今年の酷暑を思えば的外れな気がする。ともかくも頭に掛かっていた靄が取れ、体がすっきり軽くなったことは嬉しかった。

競輪場を訪れるのは三十数年ぶりのことだった。時おりスポーツ新聞を覗く限りでは、どこも閑古鳥が鳴いているらしかった。とくに地方競輪場はそうだ。一日の総入場者数が数百人なとどいうことはザラだった。

ところが今ざっと見渡した限りでも、その数ではとても収まりそうにない男たちが蜷局《とぐろ》を巻いていた。まっすぐ歩くのが困難なほどだ。場内には三日間の平開催の初日であると掲げてあった。つまりスター選手たちが走る特別競輪といったグレードレースとは、比べものにならないほど地味な開催であるということだ。それにしては人が多すぎる気がする。伊東の街には娯楽が少ないのだろうか。そんなはずはあるまい。仮にそうだったところで、競輪などという古めかしいギャンブルに人々が雪崩《なだれ》を打って押しかけることもなさそうなものだ。

訝《いぶか》しみながらバンクの方へ向かうと、ちょうど次のレースが始まるところだった。客が選手たちへ檄《げき》を飛ばしていた。

「こらア池崎！　この前みたいなレースしたら母ちゃんに浮気されっぞ！」

「山本ォ、今日逃げなかったら、伊東から生かして帰さねぇからな！」

あまりに時代錯誤な野次に、苦笑いが漏れる。

レースが始まり、やがて打鐘《ジャン》が鳴った。後方から捲《まく》ってきた選手を止めようと、前方の選手が頭突きをかましてスピードを殺しにかかる。まるで格闘技のようだ。

幼い頃は、いい大人たちが自転車を漕いで生活している姿にどことなく滑稽味を感じていたものだった。自転車は子供の乗り物である、という思い込みがあったせいだろう。だが今はアスリート同士の体を張った踏み合いに魅入られた。時速六十キロとも言われる走行を写真に収めるなら、デジカメではなく、あえてライカで撮ってみるのも面白いかもしれないと思った。どんな露出とシャッタースピードで撮るのがふさわしいか頭の中で計算していた。

レースが終わり、直志はふたたび場内を歩き始めた。少し行くといい匂いが漂ってきた。食堂の店先に〈煮込み丼三百五十円〉と貼り紙が出ている。安い。ここで夕食を済ませば出張費を浮かせられるが、残念ながらまだ腹は減っていなかった。

次に公衆電話から電話を掛けている人を見かけた。それだけでも珍しいのに、後ろに順番待ちらしき人まで並んでいる。直志は不思議に思いながらスマホを取り出してみた。まだ圏外のままだ。なぜかと首をひねっていたら、

「おい、邪魔だよ」

と声を掛けられた。見れば老人が直志を忌々しげに睨みつけていた。直志が立っていたのは換金所の列の並びだったらしい。知らぬうちに、通せんぼをする格好になってしまっていたのだ。

直志は詫《わ》びを入れて立ち退いた。老人から、つぅんと饐《す》えた臭いが漂ってきた。生ゴミの収集現場でかぐ臭いに似ていた。発生源は老人の赤茶けたよれよれのポロシャツだろうか。それ

とも不器用な鳥が巣づくりに失敗したみたいに爆発している頭髪か。どちらも最後に洗ったのはいつのことだか想像もつかない。

　老人が換金所で払い戻しを受けた。千円札が一枚と、小銭が少しだ。直志の目はその手元に釘づけとなり、咄嗟《とっさ》に老人に声を掛けた。

「あの、その千円札をちょっと見せて貰えませんか」

「はあ？　なんだって？」

　老人が右耳を突き出してきた。よく見ると補聴器をつけていた。直志は大きな声で繰りかえした。

「その、千円札を、見せてください」

　今度は聴こえたらしかった。老人はすぐには答えず、カー、ペッと痰《たん》を吐いた。歯はほとんど欠けており、残った数本も脂《やに》で黄ばんでいた。その歯と同じように黄ばんだ粘液が地面にへばりつく。老人は丸めた塵紙《ちりがみ》を取り出して口元をぬぐった。そしていかにも耳の悪い人らしく、ゆっくりと大きな声で答えた。

「なんで、お前に、見せなきゃいけねぇんだよ」

　もっともだった。直志は辞を低くして、自分が持っている千円札と違う気がするからだと説明して、野口英世の千円札を広げて見せた。老人はまじまじと見つめ、「それ、おもちゃか？」と言った。直志は首を横に振った。すると老人は渋々ながらも自分の千円札を見せてくれた。

やはり思ったとおり、一世代前の夏目漱石のものだった。野口英世よりも髭が濃い。

「おい、もういいか」

「大丈夫です。でもその千円札、いまどき珍しいですよね」

「おめぇ、外国人《ガイジン》か？　ずっとこれだろうが」

直志は呆然と老人を見つめた。いまは二〇二三年である。来年には新紙幣への刷新が告知されている。つまり来年になれば漱石の千円札は二世代前のものになるのだ。それを「ずっとこれ」と主張するとは……。老人の脳内で起きていることに朧《おぼろ》げながら察しがついてきた。おそらく認知症が始まっているのだろう。直志の母も晩年はその気が出ていたので、症状の出始めた老人が真顔で惚《ぼ》けたことを言う様子には免疫があった。

母に付き添って初めて認知症外来を訪れたとき、医師は症状の進行具合を確かめるために三つの質問をした。「今日は何曜日ですか」「いまは西暦何年ですか」「いまの総理は」の三つだ。まるで年端《としは》もいかぬ子供に尋ねるような優しい口調だった。直志はそのときの口調を思い出しながら老人に尋ねた。

「今日は何曜でしたっけ」

「土曜だろ」

違う。金曜だ。

「いまは西暦何年でしたっけ」

「九三年に決まってんだろ」

あまりに想定外な回答に面食らった。だが、どうにか気を取り直し「総理は?」と三つ目の質問を口にした。

「おめぇは新聞もテレビも見ねぇのか? ついこのあいだ細川内閣ができたばっかりじゃねぇか。自民党は調子に乗り過ぎたんだよ。ざまぁみろだ」

間違いない。この老人は精神が錯乱している。三十年前で時間が止まってしまっているのだ。けれども老人は漱石の千円札を換金所で受け取っていた。そのことにどう説明をつけたらいいのだろう。そう考えていたら、老人が手にしたスポーツ新聞に目が止まった。一面に〈長嶋監督〉〈中畑コーチ〉という大見出しの文字が見える。なぜいまさら長嶋と中畑? 疑問に思い、それを見せてくれと老人に頼んだ。

「おめぇ、さっきから、あれ見せろ、これ見せろってうるせぇんだよ」

「これで最後にします」

「煙草、持ってねぇか?」

「はい?」

「一服つけてぇんだ。持ってねぇか」

「すみません。ずっと前に禁煙に成功したんです」

老人はむっと口を結び、どこまでも使えない奴だという目で直志を睨みつけてきた。その後も何度か「見せてくれ」「やだ」と子供のおもちゃの奪い合いのような問答が続いた。埒《らち》が明かないので、珈琲でも奢ったら見せてくれるかと尋ねた。

「あ、それならいいよ」

老人は途端に猫撫で声になった。現金なものだ。なけなしの出張費をこんなことで使ってしまうのは惜しかった。だが直志のほうでも、この老人からスポーツ新聞をせしめてやりたいという、多少、子供っぽい意地を張り出していた。

「ホットとアイス、どちらにします？」

「ホットがいいな」

直志は売店まで行き、百五十円の珈琲を買った。千円札を差し出すと、エプロンをつけた老女が「お客さん、なにこれ？」と眉を曇らせた。

「えっ、なにって……。これ、ほんとに使えないの？」

老女は答えず、直志の風体を上から下までじろじろ見つめてきた。あわてて小銭入れを覗いたが、十円玉しか見当たらなかった。

「あの、やっぱり買うのやめていいですか」

「そういうことされると困るんだけどね。どうすんの、この珈琲」

「ごめんなさい」

直志は逃げるように店先を去った。老人のもとへ戻り、自分の千円札が本当に使えなかったと告げた。すると老人は奇人でも見るような目で直志を見つめてきた。そして触らぬ神にはとばかりに、直志にスポーツ新聞を押しつけて立ち去った。

認知症気味の老人にそんな扱いを受けたことには少しモヤモヤしたが、直志はベンチに腰をおろして新聞を広げた。一面にはやはり「長嶋監督が中畑コーチを叱った」という大見出しが踊っていた。新聞の日付は〈１９９３年　８月21日〉。曜日も老人が言ったように〈土曜日〉となっている。

これはたちの悪いドッキリか何かだろうか。直志はあたりをきょろきょろ見回した。しかし隠しカメラは見つかりそうになかった。そもそも一般人の自分にドッキリを仕掛けたところで何にもなるまい。

スマホを取り出すとやはり圏外のままだった。玲司に電話を掛けてみたが繋がらない。直志は首をかしげながら、近くの車券売場まで行き、売り子の中年女性に尋ねた。

「ここらでスマホの電波が繋がりやすい場所ってありますかね」

「なんですかそれ」

「つまり、インターネットの電波のことです」

「さあ、聞いたことありませんねぇ」と女性は不可解な面持ちで答えた。

近くのゴミ箱にスポーツ新聞を捨てた客がいた。それを手に取って確かめると、そこにも〈１９９３年　８月21日〉と記されている。直志は周囲の人々の格好を注視した。サンダル。

ズボン。シャツ。髪型。すべてに、そこはかとない古めかしさを感じた。だが競輪場の客なんて昔から冴えない格好をした中高年男性ばかりと相場が決まっている。これだけではなんとも言えない。しかし、何かがおかしい気がする。

ベンチに座り、老人から貰ったスポーツ新聞をぱらぱらと捲《めく》った。どのページも「1993年　8月20日」の出来事で埋まっていた。つまりこの新聞の日付の前日の出来事だ。これがドッキリの小道具だとするなら、手が込みすぎている。

ふと、セリーグの打撃三十傑に目が留まった。

1位　オマリー（神）.352
2位　ブラックス（横）.345
3位　ローズ（横）.325
4位　ハドラー（ヤ）.323
5位　ブラウン（広）.315
6位　前田智（広）.314
7位　江藤（広）.311
…………

懐かしい名前が並んでいた。この年の上位はこんなにも外国人選手が占めていたのかと思った。本当かどうか調べてやろうとスマホを取り出したが、電波が繋がらないことを思い出してポケットに戻した。

さらにページを捲ると、ゴルフ欄では〈夢の組が実現!〉という見出しが踊っていた。伊藤園レディスの初日で岡本綾子、服部道子、福島晃子が同組で回ったというのだ。この三人ならむかしゴルフ雑誌の取材で撮影したことがあった。今やレジェンドの岡本が現役でトップ争いをしていることが新鮮だった。

新聞を折りたたんで膝に置いた。漱石の千円札。細川内閣。繋がらない電波。懐かしいスポーツ選手たちの名前。一九九三年という日付。

いま何が起きているのか、頭では最適な仮説が浮かびつつあった。だがそれを認めてしまうと、自分が真人間ではいられなくなってしまうような気がした。そもそもこれは現実なのだろうか。自分はまだ駅近くのビジネスホテルのベッドの上で夢の続きを見ているのではあるまいか。そう思いたかった。だが、そうでないことは自分がいちばんよく分かっていた。四十六年のあいだ頼りにしてきた自分の肌感覚が、これは現実だと告げてくる。

もし仮説どおりのことが起きているなら、いちばんの気掛かりは玲司のことだった。このまま連絡が取れず、帰ることもできなかったら、玲司は飢え死にしてしまうかもしれない。借金の返済だって滞《とどこお》る。ある日突然、差し押さえ要員がのりこんできて身一つで放り出されたら、玲司は途方に暮れてしまうだろう。

わが身のことも心配だった。金はあと三千円しかない。野口英世が使用できないなら、実質ゼロだ。充電ケーブルさえないこの世界で、どうやって生きて行けばいいのか。もとより電波は繋がらないのだから、充電の心配はしなくていいのかもしれないが。

というよりも、戻るとか戻れないとか考えている時点で、自分の頭はおかしくなってしまったのではないか。そういえば今日は朝から体調が悪かったのだ。幻聴だけでなく幻視まで加ってしまったとするなら、自分の自律神経は思っていたよりも深刻な病状なのかもしれない。

「おぃ」

だしぬけに耳元で声がした。振り向くと先ほどの老人が立っていた。

「さっきの千円札、もういっぺん見せてくれねぇか」

直志は野口英世を広げて見せてやった。貸してくれよ、と老人が手を差し出してくる。一抹の不安を感じたが、まさか持ち逃げしたりはしないだろうと渡してやった。老人は札を光にかざしたり、裏返したりしながら、「おもちゃにしちゃ良くできてるな」と感心したように言った。するとその時、すこし離れたところから怒鳴り合う声が聴こえてきた。

「おっ、喧嘩だ!」

老人は補聴器をつけているとは思えないほどの速さで反応し、声のする方角へひょこひょこと駆けて行った。

「あ、お札――」

直志は老人のあとを追った。なけなしの金を取られる訳にはいかない。

5

「だからさっきのレースは、穴予想だって言っただろ！」

予想屋が台上から客を怒鳴りつけた。歳の頃は直志と同じくらいだろうか。サーファーくずれを思わせる日焼けした茶髪だが、髪の根本から黒い毛が生えてプリンのようになっている。

「予想が外れたことを責めてるんじゃねぇ！」

負けじと客も声を張り上げる。直志からは後ろ姿しか見えないが、白いポロシャツを着た、小柄な男だ。

「穴予想ならもっと点数を広げて買わせろ、ってアドバイスしてやったんじゃねぇか。現に抜け目を喰ってるんだし。俺は朝からお前に乗っかって、もう十万やられてるんだよ！」

「そんなこと知るか」

「知るかとはなんだ。だいたいお前は、ちゃらちゃらし過ぎなんだよ。茶髪なんかにしやがって。そんな暇があったらもっと競輪の勉強しろ！」

予想屋はうんざりした様子で「いい加減にしろよ。警察呼ぶぞ」と言った。客は「呼ぶなら呼べ。ついでに顧問弁護士と用心棒にも声を掛けたらどうだ」と訳のわからない開き直り方をした。先ほどの老人が隣で「いいぞいいぞ、もっとやれぃ！」と囃《はや》し立てる。

予想屋は競輪場の許可を得た公職で、たしか一レースにつき百円で予想を売っているはずだった。そんな予想屋に嚙みつく客なんて滅多にいないのだろう。人だかりができていた。やり取りを聞く限りでは、負けて熱くなった客が八つ当たりしているようにしか思えなかった。直志はこの仕様もない客の顔を拝んでやろうと正面に回った。

瞬間、息が止まった。深海魚のように眼球が飛び出てもおかしくないほどの驚きだった。禿《は》げかけた頭頂を横髪で隠した、いわゆるバーコード風の髪型。往年のジャンボ尾崎に影響されたゴルフルック。唾を飛ばさんばかりに権高《けんだか》な話しぶり。なにより、その顔だち。

親父……か？

声にならぬ音が直志の喉奥から漏れた。男は見れば見るほど父に似ていた。胸に広がりかけた奇妙な懐かしさを、畏れに似た感情のベールが包み込んだ。見てはいけないもの。遇《あ》ってはいけないもの。そんなものに遭遇してしまったという禁忌の念が直志を捕えた。

同時に驚くほど生々しい感情が甦《よみがえ》った。それは思春期の男子が父親に抱く、ごくありふれた反撥《はんぱつ》心や嫌悪感だった。そうした感情は大人になるにつれ、昇華されていくものだろう。だが直志の場合、思春期の頃に父と死別したので、その手の感情が手つかずのまま、どこかに冷凍保存されていたらしかった。

いけない、いけない、と頭を振った。この男が父であるはずがないのだ。この世には自分と全く同じ見た目の人間が三人はいるというではないか。その類いだろう。自分にそう言い聞かせる。

やがて父にそっくりな男は、悪態をついて気が済んだとでも言うように、車券売場へ向かった。直志は男のあとを尾《つ》けた。頭で考えるよりも体が先に動いていた。

男は車券を買うとゴール前の金網付近まで行き、二人の男と親しげに会話を始めた。あの二人は誰だろう。現地《こちら》で親しくなった地元の常連客か何かだろうか。そういえば父には、初対面の人とでもすぐに打ち解けられる特技があった。なにせ配偶者に「とにかく調子のいい山師だった」と言われ続けた男だから、それくらい朝飯前なのだ。

と、そこまで考えたところで、またしても頭を振った。あれが父であるはずがないのだ。そんな風に思い込みたがるなんて、自分の頭は本当にどうかしてしまったのだろうか……。

男は先ほどの喧嘩で、場内のちょっとした〝有名人〟になったらしかった。ちらほら新規の人たちに声を掛けられ、そのたびに「やあ、やあ」と愛想よく応じている。その応接ぶりにも父の片鱗があった。立ち姿やちょっとした仕草にも、父を彷彿《ほうふつ》とさせるものがある。人は見た目が似ていると、仕草まで似てくるものなのだろうか。

そのうち九名の選手たちが敢闘門から出てきて発走台についた。太腿《ふともも》や頬をぱんぱんと叩き気合いを入れる。男は選手たちに何か檄を飛ばしていた。先ほどの口喧嘩を聞く限りでは、聞いていてあまり気持ちいい種類の言葉ではなさそうだ。

号砲が鳴った。選手たちは牽制《けんせい》しあったのち、先頭誘導員のあとを追って初手の位置取りを定め、静かな周回に入った。九つの逞しい脚がからくり時計の歯車が並んだように一律にペダルを回す。

三周回目に入ったときだった。直志はある事実に思い当たり、愕然とした。

スポーツ新聞の日付にあった一九九三年という年が、父の亡くなった年だったことに思い当たったのだ。父が伊東へ出奔《しゆつぽん》したのも、そこから帰ってきて二日後に亡くなったのも、すべては九三年の夏の出来事だった。つまりあそこにいるのが三十年前に伊東へ逃げてきた父であるとすれば、すべての説明がつく。そんな仮定はお伽話《とぎばなし》に過ぎないだろうが、もしそうなら、あの男は〝いま〟から四日後に亡くなる運命にある……。

打鐘《ジャン》が鳴った。しかし直志の脳内に響いていたのは、三十年前の叔母の言葉だった。

「本当に、あなたの両親っていう人たちは……」

叔母が疑ったであろう保険金目当ての自殺について、生前の母に一度だけ真相を尋ねたことがある。母は首を横に振るばかりだった。だが直志の中で疑念は燻《くすぶ》り続け、八年前に妻が亡くなった時に再燃した。妻の保険金はささやかな額ではあったが、あまりにスムーズに下りたので、直志は担当者に尋ねた。

「父が亡くなった時はもっと時間が掛かりました。この二十年ほどで審査がスムーズになったのでしょうか」

担当者は直志から事情を聞くと、「失礼ですが、お父様のケースは自殺の可能性を調査していたと思われます」と言った。彼によれば、保険金詐欺が疑われる事案は、世間の人が思っている以上に多いらしい。そのため保険会社には専門の調査部署まであるそうだ。

レースは残り半周のバック線を過ぎた。先行していた選手のスピードに翳《かげ》りが見える。そこへ脚を溜めていた後方の選手が一気に捲りあげた。わっと歓声が沸くなかで、ひとり直志だけが静まり返った心境で往時に思いを馳せていた。

三十年前に訪れた父とのふいの別れ。もしあれが計画的なものだったとするなら、自分は実の親に謀《はか》られたことになる。事故の真相を知りたいと心のどこかでずっと願ってきた。玲司が生まれ、自分も人の親となってからは尚更だ。どんな理由があれ、成人前の子供を残して自死するなんて親失格だ。俺の親父はそこまでクズだったのか、という思いをずっと抱いてきた。

車券が紙吹雪のように舞った。それでいつの間にかレースが終わっていたことに気づいた。男も車券を破き、宙へ放り投げた。どうやら朝からの連敗記録を更新したらしい。

場内アナウンスが第十レースの投票開始を告げた。本日の最終レースである。

直志は男に接触を図り、名前を聞き出してみてはどうかと考えた。もし男が「時岡」と名乗ったら、ここが一九九三年であるという設定をいったん受け入れて――やはりそれは信じ難いことではあったが――あの事故の真相を聞き出すのだ。

話し掛けるなら、男が予想屋との喧嘩でちょっとした有名人になっている今はチャンスといえた。信じられない光景が目の前で展開されている以上、話し掛けずに後悔するよりも、話し掛けて後悔したほうがいい。そんな方向へ気持ちは傾いていった。むろんこちらの正体は明かさないほうがいいだろう。「自分は未来から来たあなたの息子です」などと名乗ったら、さすがに男の脳内に警戒警報が鳴り響くだろうから。

直志が父と死に別れたのは十六歳のときだった。つまり四十六歳の父にとって、四十六歳の直志は未知の人物である。だから仮にあの人物が父だったとしても、こちらの正体を看破される可能性は少ないはずだ。

時刻は午後四時前。

夏の陽はようやく傾きはじめ、客席の庇《ひさし》が無人のバンクに影を落としていた。直志は男に向かって一歩を踏み出した。

6

先ほどは威勢が良かったですね、と話し掛けると、男は振り向きざまに大きな笑みを溢《こぼ》した。どちらかといえば強面《こわもて》の顔に、途端に愛嬌が差す。そのギャップで人はころっと騙されるのだ、と母がよく言っていたことを思い出した。たしかに男の笑みにはそれなりに魅力があった。でも俺は騙されないぞ、と直志は臍《ほぞ》を固めた。男を父とは認めていないが、父に対している時のような警戒心は解かなかった。

「いやぁ、お恥ずかしい」

男の第一声が直志をたじろがせた。声音やイントネーションまで父にそっくりだった。鋭い目つきと、勝ち気そうに結ばれた口元も記憶の中の父と寸分たがわない。直志は腰を低くして願い事を口にした。

「久しぶりに競輪場に来たんですが、実はあまり詳しくなくて。最終レースの買い目を指南して頂けませんか」

「俺にコーチ屋になれっていうの？」

「ええ。予想屋ともやり合える方だと思ったので」

「いいけど、高くつくよ」

直志は乏しい財布の中に意識をやった。野口英世の千円札が使えなかったらまずいと思いつつも、おいくらですかと尋ねた。

「嘘だよ」男は破顔した。「俺も今日はからっきしだから、買い目の指南なんてできない。でもこれも何かの縁だから、俺のギャンブル必勝法を教えてあげよう。秘訣は、ただ一つだ」

男は人差し指を立てて、テレビショッピングの司会者のようにたっぷり間を取った。次に発せられる台詞《せりふ》は、「勝ちそうな奴に乗っかること」ではないかな、と直志はぼんやり思った。

むかし父からそんな〝必勝法〟を聞かされたような記憶がある。

　男が言った。

「勝ちそうな奴に乗っかる。これだよ。なぜそれが大切か知りたい？」

　自分の予測が当たってしまったことに動揺した。だがそれに勘づかれぬよう、「知りたいです」と機械的に答えた。

「そもそも人が持ってるギャンブル運に大差なんてない、っていうのが俺の持論でね。だから自分にツキがなさそうだと感じた日は、勝ちそうな奴に乗っかる。これは他力本願とは違うよ。勝ちそうな奴を見つけるのはあくまで自分だからね。俺に言わせれば三流のギャンブラーは、いつも他人に頼る。二流はいつも自分に頼る。だけど一流は、その二つを使い分けることができる人を指すんだ」

　直志はなかば上の空で男の演説を聞いていた。今のところ男は、直志が父に関して知っているような内容しか口にしていなかった。つまりすべては直志の脳がつくり出した幻想である可能性はまだ残されているはずだ。

「俺は今日、自分にツキがないと感じていた。だからあの茶髪の予想屋に乗っかり続けたんだ。それなのにあの野郎――」

　ちっと男が舌打ちした。少し地金が覗いた気がする。

「いや、でも待てよ」

男は険しい顔をつくった。コロコロと表情が変わるのは、直志というギャラリーを意識してのことだろうか。山師気質は役者気質と踵《かかと》が接していることを、直志は他ならぬ父から学んで知っていた。

「やっぱり今日は、あいつが持ってるような気がするんだよな。悪いけどあいつのとこで予想を買ってきてくれない？」

さすがに自分で行くのはバツが悪いのだろう。直志にとってもいったん男から離れて冷静になれる時間は有り難かった。男から百円玉を受け取り、茶髪の予想屋のところへ向かった。

紙くずだらけの場内を歩きながら、もしあの男が父だとしたら、それが何を意味するのかを確認した。答えは一つしか浮かばなかった。自分は三十年前の世界へ来てしまったのだ。そんな馬鹿なという思いと、現実には認めざるを得ないという思いの狭間で、心が引き裂かれそうになる。

晩夏を惜しむように、蟬がじりじりと鳴いていた。それは最終レースを獲って「終わりよければすべて良し」で帰りたいギャンブラーたちの射倖心を煽《あお》っているようにも感じられた。直志はその熱気にあてられ、夢の中をふわふわ歩いているような心地がしてきた。

目の前で起きていることをメンタルや体調のせいにしたいという気持ちは完全には捨て切れなかった。精神に支障をきたした人間は、こんなにも現実感に満ちた幻想を、こんなにも長いあいだ見られるものなのだろうか？　というよりも、自分の精神は本当におかしくなってしまったのか。どちらにせよ頭を抱えたくなる状況だ。

予想が記された紙きれを買ってきて男に渡した。それを一瞥《いちべつ》すると、男はくしゃっと丸めて捨てた。

「2－3だってよ。どうするかな」

男がつぶやいたとき、先ほど男と親しげに話していた二人組がこちらへやって来た。男は直志に二人を紹介した。

「こちらで親しくなった、金物屋さんと銭湯屋さん」

金物屋が「よろしく」と親しげに手をあげてきた。熟《こな》れた人柄が、かえって油断ならぬ感じのする人物だ。妙に小狡《こずる》そうな目つきをしている。

銭湯屋の方はベルトにたっぷり贅肉が乗った巨漢だった。立っているだけで疲れるのだと言わんばかりに、軽い目礼だけで済ませてきた。ぶ厚い贅肉にくるまれた表情は変化に乏しく、どこか物憂げだった。

直志の予想どおり二人とも地元の常連客だった。男に声を掛けられ、午後から一緒にレースを打ち出したという。

「おたくは何をしてる人?」と金物屋に訊かれた。

カメラマンですと答えると、男が「えっ、ほんと?」と会話に割り込んできた。「実はうちの息子も最近、カメラマンになりたいって言い出してさ。これも一期一会だね。あとで詳しく話を聞かせてよ」

　男はそう言い残すと、あわただしく車券売場へ向かった。直志はその後ろ姿を見送りながら、ため息をついた。これでいくつめの傍証だろう。けれども男の今の発言も、直志の脳内にあった情報である。だからその息子とやらが十六歳で直志という名前だったとしても、幻想である可能性はまだ残る。

　四人は金網の前にへばりついて最終レースを見守った。残り二周あたりから先行選手が尻を上げてペダルを踏み込んだ。逃げた選手の末脚《すえあし》が良く、一列棒状のまま最終コーナーを迎えた。差すか差されるか、客たちが咆哮《ほうこう》をあげた。そして黒と赤の勝負服が真っ先にゴール線を駆けぬけた。2－3だ。

「やった！　獲ったぞ！」

　男が叫んだ。またしても既視感のある光景だった。父には車券を獲ると大声をあげる癖があった。あれはたしか直志が八歳くらいのころの話だ。父が大穴を獲って快哉を叫んだら、近くの客が妬《ねた》んで当てこすりを言ってきたことがあった。相手は体格が良く、父は小柄だった。だが父は威勢よく啖呵を切った。幼い直志は肝を冷やした。その後の顚末《てんまつ》は覚えていないから、おそらく言い争いだけで収まったのだろう。

　一党のなかで最終レースを獲ったのは男だけだった。三人は男が換金所から帰ってくるのを金網の前で待った。金物屋がほくそ笑んだ。

「こりゃ奮発するな。女房に『今晩はメシは要らねぇぞ』って電話しとかないと。お前、今日の湯殿の掃除は？」

「ない。女房の当番」と銭湯屋が短く答えた。

「じゃあ、心ゆくまで飲めるな」

銭湯屋はたいして嬉しくもなさそうに頷いた。二人の関係について尋ねると、小学校の頃からの幼馴染みだと金物屋が教えてくれた。

「その頃からこいつは太ってて、俺はガリガリだった。肥満児なんて他にいなかったから、こいつのお袋は必死に担任に弁解してたよ。『水を飲むだけで太っちゃう体質なんです』って。そしたら担任は『よっぽどいい水を飲ませているんでしょうな』って嫌味を言ったんだよな？」

銭湯屋はわずかに悲しそうな顔をした。だが結局、何も言わなかった。生きていくうえで無駄なカロリーは使わない、という基本方針の持ち主なのかもしれない。

「あの方はどういう方なんでしょうね」

直志は男についても探りを入れた。金物屋は底意のありそうな薄ら笑いを浮かべた。

「さあね。自分では横浜の不動産王みたいなことを言ってたけど、どうかな」

横浜の不動産王とは、父のお得意の大風呂敷である。だがこの台詞も直志の脳内にあった情報と言えば言えた。

「さあ、繰り出しますか」

男は戻って来るなり、案の定、一同に告げた。

「いいんですか?」金物屋は揉み手をせんばかりの追従の笑みを浮かべた。ご馳走してくれるのか、という確認である。もちろん、と男は頷いた。

出口のアーチへ向かった。帰り支度をしている茶髪の予想屋のもとへ、男がずんずんと向かい始めた。あっ、と三人は息を呑んだ。これは一悶着おこる――。

ふいを衝かれて身構えた予想屋に、男はさっと一万円札を差し出して告げた。

「さっきは悪かったな。あんたのおかげで最終が獲れたよ。明日もよろしく」

予想屋から感謝の言葉が発せられる前に、男は身を翻《ひるがえ》し、こちらへ戻ってきた。遠ざかる男の背中へ向けて、ぺこりと予想屋が頭を下げた。


駐車場の片隅にある木陰に、人だかりができていた。あれは何かと尋ねると、男から意外な答えが返ってきた。勝ち地蔵だという。拝むと願い事が叶うと言われているそうだ。男は金物屋からそのことを聞き、さきほど賽銭を奮発したと言った。

「あなたも新顔なんだから拝んどけば?」

男に地蔵の前へ連れて行かれた。赤い前垂れを掛けたお地蔵様だった。かなり風化が進んで顔立ちは定かでない。手を合わせると玲司の顔が自然と浮かんだので、「息子が元気になって外出してくれますように」と願った。賽銭を箱に入れるには懐《ふところ》具合が厳しかった。

男は宿に車を置いてきたという。皆で金物屋の車に同乗して街へ向かうことになった。業務用も兼ねているとおぼしきミニバンだ。

出発してすぐに、補聴器をつけたあの老人が木陰からこちらを見つめていることに気がついた。直志は千円札を預けっ放しだったことを思い出し、一瞬、停めてもらおうかと思った。正直、千円は惜しい。玲司の冷凍チャーハンが四パックは買える。だが夜の街へ向けて意気揚々と出発した車に待ったをかけるのは気が引けた。ぐずぐずしているうちに、車は駐車場の出口に差し掛かってしまった。

「そういえば、まだ名前を聞いてなかったね」

男が助手席から後ろを振り返って言った。直志は咄嗟に「ワタナベです」と偽名を名乗った。いまだに繋がりのある高校時代の親友の名前である。

男に名前を尋ね返した。さすがに唾を飲み込んだが、不思議と心は凪《な》いでいた。傍証と心証はたっぷり揃っている。だから男が「時岡です」と名乗ったときも、胸中にさほど大きな波風は立たなかった。大丈夫。それでもまだ幻想の可能性は残っている……。

直志は小さくため息をつき、サイドミラーに目をやった。鏡の中で米粒のように小さくなりながらも、先ほどの老人がまだこちらを見つめていた。

7

開けたドアから煙草の匂いがむっと流れ出てきた。

金物屋に案内された店は、スナックと呼ぶには大きめの箱だが、ラウンジと呼ぶにはいささか高級感に欠ける店だった。換気扇には油とホコリがみっしりこびり付き、もういい歳をしたママがカウンターの中から二、三人の女の子を差配している。宵の口なのに七割がたの席が埋まっているのは繁盛店の証といえそうだった。

「この人は横浜の不動産王だぞ」

金物屋が席についた女の子に、さっそく男のことをヨイショした。だがそれは枕であったらしい。金物屋はすぐに男にどんな事業を手がけているのか皆に教えてほしいと願った。阿《おもね》るような口調の裏には、それを聞くまでは容易に信じないぞ、という威迫《いはく》が含まれているようだった。むろん男もそれには気づいただろうが、大物風を吹かせるために、気づかないふりをして平然と答えた。

「いまは東芝の工場跡地の売買をメインに動いてる。決まれば四十億の仕事だ。あとは青山学院のグランドをマンションに建て替える件。これも億単位の儲けになる。学校法人や宗教法人の土地っておいしいんだよね。優遇政策があるから」

なかば職業的な使命感にうながされるように、女の子が「すごーい」と感嘆の声をあげた。

「ほかには？」と金物屋が煽るように尋ねた。

「飲食店や塾もやってる」

「それだけですか」

「株の運用もしてるし、コンサルタントみたいなこともしてる。アパート経営もしてるから、毎日忙しい身だよ」

よくぞまあ、こうも平然と法螺《ほら》が吹けるものだと、直志は呆れるのを通り越して感心してしまった。だがそれこそが時岡久春という人物の本性であると言えなくもなかった。

父はもともと証券会社の営業マンだった。愛想の良さとハッタリ、それに頼まれたら嫌と言わない性格で、地主や医者といった上顧客にぐいぐいと食い込んでいたそうだ。

その人脈を抱えて一九八六年に独立。会社はバブルと共に急成長した。成功した父のもとには次々と投資話が舞い込んだ。知り合いの社長に泣きつかれたからリゾート会員権を三口買ってくれとか、ゴルフ場の開発業者が飛んだから至急一億円頼むとか、川崎で焼き鳥屋を共同経営しようといった類の話だったという。

だが母によれば、亡くなる直前の父は借金まみれだった。塾や飲食店を経営していたのもバブルの頃の話で、しかも事業のすべてに失敗したはずだ。

「どうりでやることが凄いよ」

金物屋が感に堪《た》えぬというふうに言った。

「だってさっきも喧嘩してた予想屋に、ぽんって一万もご祝儀あげちゃうんだもん」

今度は女の子も虚飾なしに褒めそやした。すると男は後に引けなくなったとでも思ったか、皆さんにもお裾分けしなくちゃねと言って、一万円ずつ配りだした。女の子は高い声をあげて受け取った。金物屋は世辞の当然の報酬だと言わんばかりに手柄顔で懐におさめた。申し訳なさそうに押し戴いたのは銭湯屋だけだった。

直志も角が立たぬように受け取ったが、胸には大きな空虚が生まれた。仮にこの男が時岡久春だとして、四日後に自分が亡くなることを知っているのか。もし知っていて、こんな散財の仕方をしていたのなら、虚しかった。

バブルが弾け、会社が傾いたあと、父は酒に溺れた。酒こそが父の人生の最高の友であり、最悪の友でもあった。酒席で生まれた仕事や人間関係は多かっただろう。だが失ったものはそれ以上に大きかったはずだ。父は酒のせいで四十歳の手前から糖尿を病んでいた。だがすこし数値が良くなると、それを口実に祝杯をあげた。未来の健康を前借りしながら飲むような飲み方だった。

男はご祝儀をばら撒いたあと、さらに景気のいい宣言をした。

「店にいるみんなにも、一杯ずつご馳走するよ。これから入ってくるお客さんの初めの一杯も、すべて俺につけてくれ」

店内から歓声が上がった。しかしひとり直志だけは、もうB面に変わりつつあるのか、とうんざりした。母がよく「あの人の人格にはレコード盤のようにA面とB面がある」と愚痴っていたことを思い出したからだ。酒を飲む前と、飲んだ後の人格のことである。

ただ直志にとって一つだけ忸怩《じくじ》たる思いがあるとすれば、男がくれたご祝儀が骨身に染みるほど有り難かったということだ。これがなければ明日の朝食代にも事欠く身だった。もしこちらの世界での生活が続くなら、さらに滞在費を稼がねばならない。その手立てはすぐには思い浮かばなかった。となると明日もこの男の取り巻きを務め、ご祝儀を期待するのがいちばんの近道なのだろう。それは、こんな酒癖の悪い父親は嫌だと思いつつも、その男に依存しなくては生きていけなかった思春期の嫌悪感を思い出させた。直志は苦い思いを抱えながらウィスキーを舐《な》めた。旨くなかった。

しばらくすると地元で個人タクシーの運転手をやっているという小柄な老人がやってきて、男に古風な口上を述べた。

「結構な一杯をいただき、まことに有り難うございました」

この人物は金物屋や銭湯屋とも知り合いだという。それなら一緒に飲もうと男が誘った。個タクの運転手は遠慮したが、再度誘われると断りきれずにボックス席に腰をおろした。地元民が増え、話は自然と「伊東も景気が悪くなった」という方向へ流れていった。個タクの運転手が、ついこのあいだも車を査定に出したらゼロだと言われたと嘆いた。

「モノは?」男の目が光った。

「五年落ちのクラウンです」

「走行距離は?」

「八万キロほど」

それだけ走っていたらゼロ査定も仕方あるまいと直志は思った。同時に、元いた世界で車のラジエーターを交換しろと言われていたことを思い出して暗い気持ちになった。おんぼろになる前に処分しておけば、少しは金になっただろう。維持費も馬鹿にならないから借金も減っていたはずだ。けれども車はカメラマンのアイデンティティの一つだから、とぐずぐずしているうちに金食い虫になってしまった。ここ数年の自分はすることなすこと、すべて裏目に出る。まるで父の早かった晩年のように。血は争えぬということか、と男を苦々しげに見つめた。

「そのクラウン、俺なら二十万で売れるな」

したり顔で男が言った。本当ですか、と個タクの運転手が身を乗り出す。

「ほんとだよ。そんなのメーターを巻き戻しちゃえばいいんだ。ちょっと聞いてあげようか」

男は席を立った。数分後、知り合いだという中古車売買業者と店の電話を繋いだまま戻ってきた。

「明日の十一時なら、伊東競輪の駐車場まで査定に来られるって。どうする?」

個タクの運転手は一も二もなく頷いた。

「明日は俺も立ち会うよ。こうして出会ったのも一期一会だから、あなたから儲けるつもりはない。安心して」

話をまとめてきた男に、個タクの運転手は感服したように名刺を差し出した。

その傍らで直志は、父が一期一会という言葉を好んでいたことを思い出していた。本来は奥深い言葉なのだろう。だがいま男が口にした一期一会には、若者がハイブランドで身を固めたような薄っぺらさが漂っていた。どんな含蓄のある言葉も、山師が発すればセールストークに成り下がる。父のお気に入りのフレーズにはもう一パターンあった。「人生もギャンブルも一緒。一勝九敗でも勝てるときは勝てる」というものだ。

夜が進み、洗い終えたグラスがシンクの脇に積み上がっていった。酔っ払いたちの声が大きくなり、店内の空気にも酒精分が濃くなってきたようだ。

「ワタナベさん、飲んでる？」

男に声を掛けられた。

「ええ、頂いてます」

直志は杯をかかげて応じたが、実のところ、いま自分の身に起きていることを考えると、飲んでも飲んでも酔えそうにないことは、とっくに気がついていた。そこを押して流し込めば、悪酔いするだけだろう。

「ご家族は？」と男に訊かれた。とくに隠す必要を感じなかったので、妻を八年前に白血病で亡くし、いまは十六歳の息子と二人暮らしであることを告げた。

「ふうん、大変だったね。息子はうちと同い年か。なんか運動とかやってるの?」

「運動どころか、二ヶ月前から家に引きこもるようになってしまいまして」

「なんでまた」

「本人は疲れたと言ってましたが……。僕もいけないんです。気持ちが焦って、初めのうちは学校に行け行けって、うるさく言ってしまって。今はなんとか外へ連れ出そうと、あの手この手で誘っているんですが、なかなか上手くいかなくて……」

玲司の姿が目に浮かんだ。動物の塒《ねぐら》のような匂いのする部屋で、背中を丸めてゲームをしている姿だ。現実世界には一人の友もいない息子の寄る辺ない背中を思うと、早く帰ってチャーハンを温めてやりたくなった。自分はどうしてこんな所で、こんな男と酒を飲んでいるのだろう。

「うちの息子はさっきも言ったとおり、カメラマンになりたいって言い出してさ。先輩としてなんかアドバイスしてやってよ」

男が酒臭い息を吐きながら言った。あまりに漠然とした質問だったので、直志は回答の糸口をたぐり寄せるところから始めねばならなかった。男の息子へのメッセージ。すなわち四十六歳の自分から、十六歳の自分へのメッセージになるかもしれない。それを思うとなるべく本心に近いところを告げてやりたかった。

第一感として浮かんだのは、「なんでも屋にはなるなよ」とか、「カメラマンなんてやめておいた方が無難かもしれないぞ」というアドバイスだった。だがそれはフェアではない気がした。なにせこちらは今後三十年のカメラマン業界の動向を知っているのだから。それにそうした後ろ向きな助言は、必ずしも的を射ている訳ではなさそうな気がした。

ひとつ言えるのは、若くて仕事があるうちは、カメラマン稼業も悪くなかったということだ。自由や矜持《きょうじ》があったし、生活に張り合いもあった。独立して、結婚して、玲司が生まれ、撮影に駆けずり回っていた頃が、人生の華だったような気がする。どうせ戻るならあの時代に戻りたかった。どうして九三《こ》年《こ》だったのだろう。

そうした思案が頭の中をぐるぐる旋回するばかりで、いっこうに答えらしきものを口にすることはできなかった。すると男が痺れを切らしたように言った。

「結局、どんな写真がいい写真なの？」

直志はぽかんと口を開けて、男の顔をまじまじと見つめてしまった。プロになってから、こんなにもシンプルな、ことによれば失礼ですらある質問をされた記憶はなかった。そして三十年も写真を撮り続けていながら、こんな質問にすぐに答えられないなんて、なんと迂闊《うかつ》なことだろうと思った。たとえば大山なら、たちどころに納得のいく答えを口にできるのではないか。

答えあぐねていると、男は貧乏ゆすりを始めた。酒席での戯言《ざれごと》なのだから、さっさと気の利いた答えを返せばいいじゃないか。そう焦《じ》れていることは明らかだった。幼い頃から何度も見た覚えのある光景だ。

だが、お座なりの回答をするつもりはなかった。どんな写真がいい写真なのか。それは大山から与えられた「カメラマンとしての自分にいちばん足りなかったものは何か」という宿題と、一脈通じているように感じられたからだ。

とてもこの場では答えに辿り着けそうにないと諦めかけた時だった。店の女の子がやって来て、男に言いにくそうに告げた。

「あの、あちらのお客さんが、『俺は酒は要らないと伝えてこい』って……」

男の奢りを断ったのは、カウンターの一人客だった。角刈りで、イノシシのように首や胴体が太い。

「あいつは相手にしちゃいけませんよ」

それまで寡黙に飲んでいた銭湯屋が、力士のような巨体を揺すらせて、いちど座り直してから、ぼそぼそと響かない声で告げた。

「むかし熱海でヤクザに盃をもらったのに、いつのまにか地元《こっち》へ戻ってきて、一人で工務店をやってる半端もんです」

そう言われてみると、いかにも腹に一物ありそうな人物に見えてきた。男が角刈りに絡むのではないかと冷や冷やした。しかし男はふんと鼻を鳴らすだけで済ませた。直志は胸をなでおろし、あの人物は常連なのかと女の子に尋ねた。彼女は顔をしかめて頷いた。どうやら好まざる客らしい。

やがて皿に少しずつ残っていた料理が一つの大皿にまとめられ、散会の雰囲気が漂ってきた。メンバーたちは「明日もゴール前の金網付近で落ち合おう」と約束して席を立った。

男は勘定を払い終えるとママに言った。「いい店だね。明日も来るよ」と。それからカウンターの角刈りへ聞こえよがしに告げた。

「まあ、ひとり偏屈な奴がいるけどね」

直志は息が止まる思いがした。油断していた。よくよく考えれば、この男が面目を潰されて、黙って帰るはずがなかったのだ。

ママは聞こえなかったふりをした。角刈りもなんら反応を示さなかった。聞こえなかったはずはないのに、眉間《みけん》に暗さを漂わせながら静かに杯を傾けている姿が、直志にはかえって薄気味わるかった。

8

ホテルへ向かう夜道は秋のように涼しかった。おそらく宿泊名簿から自分の名前は消えているだろう。その時はあらためてチェックイン手続きをすればいい。男から貰った一万円はやはり途方もなく有り難かった。

けれども男が角刈りに放った捨て台詞を思い出すたびに、顔が歪《ゆが》み、舌打ちが出た。どうしてあの男は酒を飲むと、言わなくてもいい事を口にしてしまうのだろう。

父の酒癖の悪さについては思い出すエピソードがあった。あれは直志が十二歳のときの出来事だから、ちょうど父の人生の絶頂期にあたる。夕刻、「いまから社会見学に行くぞ」とベンツの助手席に乗せられた。行き先は横浜の伊勢佐木町《いせざきちょう》にあるナイトクラブだった。

「そこを六千万で買い取る予定なんだ。女の子やボーイも居抜きだから、今から抜き打ち検査に行く。あとでお前の意見も聞くからよく観察しとけ」

十二歳の少年に意見も何もあったものではない。だが思い立ったら小学生の息子であろうと、その家庭教師の大学生であろうと、相手の都合などお構いなしに飲みに連れ回すのが父の流儀だった。

ナイトクラブは潔《いさぎよ》いほど、いかがわしい店ばかり入った雑居ビルのワンフロアにあった。父はしばらく上機嫌で飲んでいたが、小一時間したところで何を思ったか、黒服を呼びつけて告げた。

「おい。カツ丼を二十個取ってお前らで食え」

「社長、そんなに食えませんよ」

黒服の口調が気にでも障ったのか、「逆らうのか！」と父は一喝した。驚いたマネージャーが飛び出してきて平身低頭したが許さなかった。いつのまにか人格がB面に切り替わっていたのだ。

「お前も逆らうんだな。よーし、蕎麦も二十人前取って女の子たちにも食わせろ。少しでも残したら全員クビだからな。これは次期オーナーからの命令だ」

やがて二十個ずつカツ丼と蕎麦が届いた。お通夜のように静まりかえった店内に、「いただきます」の気乗りしない声が響いた。すると箸をとりかねていた女の子の一人が「わたし、蕎麦アレルギーなんで食べられません」と声をあげた。

父は舌打ちして彼女を睨みつけた。だが逆に睨み返されると、何かぶつぶつ言いながら引き下がった。やがて酒が回った父はうとうと眠り出した。皆は一斉に食べ物を捨てに行った。女の子の一人が直志に言った。

「ボク、どうやって帰るの？　あした学校なんでしょ？」

皆の憐れみと軽蔑が入り混じった視線が突き刺さった。来なければよかった、と心底思った。結局、母に電話して車を呼んでもらった。タクシーに詰め込まれた父に向けて先ほどの女の子が放った一言を、直志は今だに鮮明に覚えている。

「サイテーだな、こいつ」

そんなことを思い出しながら歩いていたら、コンビニが見えてきた。店の前に公衆電話がある。ふと、母の顔が浮かんだ。掛けてみようか、と思った。実家の電話番号なら覚えていたし、もしここが本当に一九九三年なら自宅に繋がるはずだ。酔いにも後押しされ、十円玉を投じてダイヤルを回した。母の懐かしい声が今にも聞けるかもしれないと思うと、途端にきゅっと胸が締めつけられた。

「もしもし」

ところが出たのは男だった。より正確にいえば青年だ。直志は「あっ」と一瞬だけ口ごもったあと、ともかくも何か言わなくてはと思い、「お父さんはいるかな」と尋ねた。

「……借金取りの人ですか」

電話口の向こうの青年は、ぶっきらぼうに尋ね返してきた。そうだった。あの頃は時おり、得体の知れない借金取りから自宅に電話があった。そうした連中は直志にも、ぞんざいな口を利いた。まるで借金を返せない男の息子も同罪であると言わんばかりに。だから直志の方でも自然と身構えるようになった。ハリネズミのように全身を尖らせ、無作法には無作法で応じた。その手の電話を取るたびに、決まって父を激しく憎んだものだ。

そういった経緯が記憶の底から瞬時に浮かび上がってきた。直志は青年に柔らかな口調で告げた。

「違うよ。お父さんの友人のワタナベです」

「本当に、借金取りの人じゃないんですね?」青年の声がすこし和らいだ。

「ああ。直志くんと言ったっけ。カメラに興味を持ち出したんだってね。お父さんから聞いたよ。幾つになったの?」

「十六です」

三十年前の自分から、ここは間違いなく一九九三年であると太鼓判を押されたような感じがする。

「父が行きそうな所に心当たりはありませんか」と青年から尋ねられた。「一昨日から突然いなくなって。連絡もないので、いま母がいろんな所に問い合わせているんです」

教えてやることはできた。だが教えていいかどうかは判断がつきかねた。口ごもっていたら、

「ないですよね、心当たりなんて」と青年は言った。「ま、あんな奴、このまま居なくなってくれてもいいんですけど」それを最後に電話は切られた。

受話器を置いた。父親の借金取りからの電話に怯《おび》える十六歳。その父親すら四日後にふいに喪《うしな》う十六歳。不憫《ふびん》だった。「息子に何かアドバイスしてやってよ」という男の言葉が耳に甦った。直志はカメラマンの先輩として何か声を掛けてやりたくなった。再び十円玉を投じてダイヤルを回したが、途中で荒々しく受話器を戻した。掛けてやるべき助言など持ち合わせていないことに気づいたのだ。ちゃりん、と十円玉が戻ってくる音がした。情けなかった。

それから数分ほど歩き、ホテルに着いた。不審者と思われるのを覚悟で、フロントで「時岡です」と告げてみた。

「時岡さまですね。お帰りなさいませ」

驚いたことに、あっさりと鍵が出てきた。

「あの、いまって一九九三年ですよね？」

フロントマンは酔客のとぼけた質問と思ったことだろう。だがそんな気配は微塵も見せずに、そうですよと爽やかに応えてくれた。よく訓練された職業人であるらしい。そして感じのいい笑みを浮かべたまま、「ご伝言を預かっています」とメモに目を落とした。伝言？　誰からだというのだろう。

「明日も来い——とのことです」

フロントマンは小首を傾げながら読み上げた。

「それだけですか」

「はい」

「誰からですか」

「名乗られなかったそうです。そう言えばわかるから、とのことでした。十七時半ごろの電話です」

「男性？」

「電話を受けた者に確認して、あとでお部屋にご連絡さしあげますね。私は先ほど夜勤で入ったばかりでして」

不可解極まりないメッセージだった。いったい誰からの電話か。内容からいえば、あの空から降ってきた謎の声の人物と同一である可能性が高く感じられた。このホテルに直志が泊まっていることを知っているのは、玲司しかいないはずだが……。

首をひねりながら部屋に戻った。テレビが薄型から昔ながらのブラウン管のものに変わっていた。ほかの調度品にもいくらか古めかしさを感じたが、壁紙などはむしろ新しくなったように見える。ベッドは同じ位置で、荷物も出たときのまま。どうやら築五十年のホテルが、築二十年のホテルに巻き戻っただけらしい。

ベッドへ横になり、習慣でスマホを見た。圏外だった。そうだったと苦笑いが漏れる。ところがメッセージアプリに一通の新着通知を見つけて驚いた。不審に思いながら開いた。玲司からだった。

〈大会に出るなら、やっぱりマウスは買い替えたほうがいいってチームのメンバーに言われた。だめ?〉

玲司がここまで物をねだるのは珍しかった。よほど切迫した気持ちなのだろうと思うと胸が痛んだ。だが今はそれよりも、なぜこのメッセージを受け取れたのかについて考えねばならなかった。おかしいではないか。このメッセージはどうやって三十年の時空を越えてきたというのだろう。

玲司の送信時刻は十六時二分だった。ちょうど最終レースの頃合いだ。つまりこちらの世界のどこかに電波が繋がる場所があったのだ。

直志は頭の中で時計を巻き戻した。十六時以降となると、候補地は絞られた。競輪場から飲み屋へ向かう途中のどこか。飲み屋の中。そして飲み屋からホテルへ帰ってくる途中のどこか。この中に電波の繋がる場所があったはずだ。

もし電波の繋がる場所を特定できたら、玲司に返事が打てる。あちらの世界へ戻るヒントだって得られるかもしれない。今からでもその場所を探しに行きたかった。だがそうするには、あまりに疲れすぎていた。明日、早起きしてこの候補地を探ろうと思った。

スマホのバッテリーは45%まで減っていた。フロントに充電ケーブルを借りようと内線番号を押しかけたところで、受話器を置いた。この時代にスマホのUSBケーブルなど存在するはずがなかった。

ちょうどそのタイミングで内線が鳴った。

「時岡さま。先ほどのご伝言は男性からだったそうです」

「他に何か判りませんでしたか。年齢とか、口調とか、イントネーションとか」

「残念ながら、そこまでは。ただ『明日も電話するかもしれない』と言っていたそうです」

「明日も？」

明日もこのホテルに泊まるかなんて、自分にすら分かっていない。そこで直志は延泊についつて尋ね忘れていたことに気づいた。

「そういえば明日も一泊するかもしれません。大丈夫ですか」

「大丈夫です。明日のチェックアウトの時刻までにその旨をお申し付けください。……あの、ひょっとしたら電話はイタズラか何かですか。もしそうなら、お取り次ぎをやめましょうか」

それは困る。謎の声に迫るチャンスかもしれないのだ。直志はぜひ名前などを聞いておいてくれと告げて電話を切った。

再び横になると深いため息が漏れた。長い一日だった。いろいろなことがあり過ぎてうまく思い出せないほどだ。そもそも朝起きた際の体調不良から始まったのだった。今から思えばあれは何かの前兆だったのかもしれない。

直志はホテルの天井を見つめながら、数年前に亡くなった母の苦労を偲《しの》んだ。母はあまりに大人しい人だった。そんな母を言いくるめて保険金目当ての自殺を遂行するくらい、父には朝飯前だったかもしれない。

「本当に、あなたの両親っていう人たちは……」

あのとき叔母は何と言いたかったのだろう。何を知っていたのか。

酔いが醒めてくると、夏夜ながらも肌寒いほどに感じられた。直志は灯りを落として布団にくるまった。長かった一日が、ようやく終わる。あした目覚めたら元の世界に戻っているかもしれない……。そんなことを思ったあたりで、意識が途切れた。

9

目覚めると同時に、旧式のブラウン管テレビが目に飛びこんできた。どうやらこちらの世界はまだ継続中らしい。思ったよりも落胆は少なかった。それどころか、この奇妙な旅が続くことに修学旅行中の生徒のような高揚を覚えたのが自分でも不思議だった。ただ、残してきた玲司のことだけは心配だった。またシンクに皿が積み上がっているだろう。ゲーミングパソコンの電源もきちんと落として寝たか。あれはつけっ放しだとやたらと電気代を食う。

身支度を整えてから、じっとカメラの入った道具箱を見つめた。今日こそライカのM6を持ち出そうかという気持ちになっていた。昨日ゴルフ場でいい料理写真が撮れたこと、この世界が二度と巡り会えない被写体の宝庫であるかもしれないこと、そしてこちらの世界には気分を滅入らせる借金が名目上は存在しないこと、それらが直志にライカを手に取らせた。

部屋を出てエレベーター待ちをしている間、長らく忘れていた感情がふつふつと甦ってきた。自分は世界と一対一で対峙《たいじ》するカメラマンなのだという、若い頃はごく自然に抱いていた自負心である。ライカを肩に掛けて外出する。たったその一点において、心がきりっと引き締まり、足取りもどこか軽快になった。愛機と共に箱の中に蔵《しま》われていた、もう一人の自分がひょっこり姿を現したみたいだった。

フロントで鍵を預け、延泊の申し出をした。七千円を先払いすると、昨日のフロントマンは夜勤明けの疲れも見せずに爽やかな笑顔でお釣りをくれた。漱石が三枚。これが手元に残った全財産だった。

「今日も電話があったら、なるべく情報を引き出すように申し送りしておきますね」

直志はよろしく頼みますと告げてから、ロビーの新聞で日付を確認した。〈１９９３年　8月22日（日）〉。きちんと一日が経っている。

〈記録的冷夏　農作物の日照不足つづく〉

一面の小見出しが目にとまり、ようやく昨晩の肌寒さの原因がわかった。自分が十六歳だった夏は冷夏だったか？　直志は記憶の底を探ったが、まったく覚えていなかった。

ホテルを出て昨晩の店へ向かった。そこまでに電波の繋がる場所はなかった。店のシャッターの前でも確かめたが、電波は繋がらなかった。

次に競輪場へ向けて歩き出した。たしかに過ごしやすい気候だった。太陽が雲に隠れている間は秋口を感じさせるほどだ。九三年の農家の人たちには悪いが、これくらい涼しいと歩くには助かる。生ゴミ収集の作業もずいぶんと楽だろう。

直志は元いた世界の酷暑の現場を思い出して、思わず顔を歪めた。そのとき、ふと疑問が浮かんだ。酷暑から冷夏に切り替わったのは、いつだったか？　神社で頭を打った後だ。転んで、頭を打ち、少し休んで神社を出たら涼しく感じたのだった。つまり自分は神社で昏倒《こんとう》した時に時間をまたいでしまったのではないか。直志はズボンの尻ポケットに入れてあった観光地図を取り出して、神社の場所を確かめた。

神社では、思わぬ人物がベンチで寝ていた。頭髪が爆発したあの老人だ。赤茶けたポロシャツのボタンをすべて外し、だらしなく口を開けて寝ている。直志は金を預けっぱなしだったことを思い出した。恐る恐る近づいて行き、おはようございますと声を掛けた。反応はなかった。老人の耳が悪かったことに思い当たり、今度は大きな声で挨拶した。老人は目を覚まし、「誰だ、おめぇ」と目を擦《こす》りながら言った。

「昨日、競輪場でお会いした者です。スポーツ新聞を頂いた」

「ああ、おめぇか」

「千円札を渡したままでしたね。返して下さい」

「なんだそれ」

「ほら、あのおもちゃみたいな千円札ですよ」

「ああ、あれか。今は持ってねぇな」

老人は目を逸らし、ぽりぽりと頬を掻いた。直志は老人の格好にすばやく目を走らせた。昨日と同じ服装。同じ頭髪。そして朝からこんな場所で寝ているということは、つまり……。

「俺は、浮浪者じゃねぇぞ」

老人がこちらの胸中を見透かしたように言った。直志は苦笑いを浮かべた。

「夏場はここだとよく眠れるんだよ。おめぇ、今日も競輪に行くのか」

「おそらく」

「だったらあとで持ってくよ」

あえて猜疑心《さいぎしん》を丸出しにした目で老人を見つめた。

「心配すんなって。ちゃんと持ってくから」

そう言われてしまっては仕方なかった。忘れないで下さいよと念を押してから、「ところでこの神社の由緒は古いんですかね」と尋ねた。

「神社ってのは、たいていそういうもんだ」

「なにか不思議な言い伝えを聞いたことありませんか。たとえばこの境内にいたら時間が飛んだとか、人がいなくなったとか」

「そんなことがあったら、目の前に交番ができてるよ。おめぇ、煙草は？」

「昨日も言った通り、だいぶ前に禁煙に成功したんです。それじゃ失礼しますね」

直志は老人のもとを離れ、昨日頭を打った石段を検《あらた》めた。それから本殿で手を合わせたが、特に変わったことは起きなかった。スマホも見たが圏外のままだ。

どう考えても、タイムスリップにはこの神社が関係している。どうやったらあちらの世界へ戻る方法が見つかるのだろう。呪文を唱えたり、儀式を行ったり、あちらとこちらを結ぶ大木の洞《ほら》でも発見しなくてはいけないのだろうか。

それでも神社を出る時は期待した。昨日と同じように、境内を出た途端に世界が変わっているかもしれない。境界をまたぎ、固唾《かたず》を呑んで振り返った。老人が鼻をほじっているだけだった。

再びスマホの電波に注目しながら競輪場へ向かった。このまま帰れなかったらどうなってしまうのだろう。一日や二日なら、どうにか食い繋ぐこともできるかもしれない。だがひと月、ふた月と続くなら、こちらで仕事を見つけなくてはならない。その場合、心配なのはわが身よりも、あちらに残してきた玲司のことだ。直志がひと月も家を空けたら、玲司が餓死するかもしれないというシナリオは、あながち荒唐無稽とは言えない。

もし一年、二年と留まることになったら？　そうなったら開き直って、こちらで家庭を築くなりゆきもありだろうか。のちの妻は、いまごろ埼玉県で女子高生をやっているはずだ。会いに行けばまた付き合ってくれるか。いやいやあり得ない。いま自分は四十六歳だった。

いっそ玲司もこちらの世界に呼び寄せて、二人で新しい人生を始められたらと空想した。そんなふうに思ってしまった自分の境遇が侘しかった。玲司のことさえなければ、自分は元の世界へ戻りたくないと感じているのかもしれない。カメラの仕事はなく、生ゴミ収集のアルバイトで食いつなぐ、借金まみれの中年男という世界には……。

競輪場に着いた。ここまでにも電波の繋がる場所はなかった。まだ開場前だったので、どこかで時間をつぶして戻ってこようと思ったとき、昨日の地蔵が目に留まった。また拝んでおくか、という気持ちになったのは、この奇妙な旅の滞在費を稼がねばならなかったからだ。三千円だけでは心許《こころもと》ないし、あの男から今日もご祝儀が貰えるとは限らない。

困ったときの神頼みほど自分が浅はかに感じられることはないが、背に腹は代えられない。

地蔵のもとまで行き、「どうか旅の軍資金が増えますように」と手を合わせた、その時だった。スマホが震えた。見ればスマホの電波が立ち、玲司から新たなメッセージが入っていた。

「ここだったのか……」

直志は呆然と立ち尽くし、風化しかけた地蔵の顔を見つめた。目鼻だちも定かでないこの古びた地蔵が、ルーターやモデムの機能を備えているとでもいうのだろうか。

〈どうなの？〉

それが玲司からの新たなメッセージだった。一瞬なんのことか分からなかった。一つ前のメッセージを確認して、ゲーミングマウスを買って欲しいという打診だったと思い出した。

〈返事が遅れてすまん。少なくともあと一日はこちらに泊まっていくことになりそうだ。マウスのことは考えておく。帰ったら話し合おう〉

すぐに既読がついたので安心した。とりあえず玲司は元気なようだ。こちらの時刻はAM7：45だった。直志は確認のためにメッセージを打った。

〈今って、朝の七時四十五分くらいだよな？〉

〈四十六分になったけど〉

〈そっちは土曜日だよな？〉

〈そっちって何よ。土曜だけど〉

曜日はこちらのほうが一日先行しているが、流れている時刻はあちらの世界と同じらしかった。

〈チャーハンばっか食ってないで、冷凍庫の餃子とかも一緒に食えよ。栄養が偏るから〉

送信してから、しまったと思った。心配のあまり、つい要らないメッセージを送ってしまったかもしれない。予感は的中した。玲司から例の四文字が送られてきた。

〈もういい〉

ある程度の心構えはできていたのに、やはり胸が抉られる思いがした。このメッセージを受け取るたびに、対岸にいる玲司との間に流れる川の幅が太くなる気がする。スマホのバッテリーは、34%まで減っていた。

10

木を見て、森を見た。森を見たあと、また木に戻った。そうやって遠近の構図を探りつつ、森を撮った。川を撮った。空を撮った。全身が一つの目になってしまうこの感覚は、何年ぶりのことか分からなかった。心地よかった。これこそが写真家の目だ。ライカを持ってきて良かったと思った。

競輪場が開場するまでの時間を作品撮りのために使うことにしたが、まだ時間には余裕があった。そこで次に海を撮ることにした。見れば少し先に高台へ通じていそうな階段があった。

登りきった先には、思ったとおり太平洋が望めた。ねっとりした夏の重たい潮風が運ばれてくる。直志はライカを構え、ファインダー越しに空と海の配分を勘案した。シャッターを切ろうとした既《すんで》のところで理想的な光を逃がした。景色は料理のように冷めてはしまわないが、光は一瞬のうちに逃げてゆく。

入念に次の光を待った。そして雲間からわずかに太陽がのぞいた瞬間にシャッターを切った。思ったとおりの光で撮れたはずだ。直志はライカから目を外してつぶやいた。

三千六百分の一――。

数年前、まだぎりぎりカメラ一本で食べていけていた頃、ライカ用に三十六枚撮りのフィルムを百本まとめ買いした。すべてモノクロである。モノクロフィルムの写真には、なにかしら人の胸を打つものがあるからだ。自分の作品はこれで打ち止めにするつもりだった。あと三千六百枚。そのなかで一枚でも自分の代表作と呼べるものが撮れたなら……。それが写真家としての直志の密かな野望だった。

代表作とはなんだろう。たとえば直志が大好きな写真家、ユージン・スミスに「楽園への歩み」という作品がある。これは一九四六年にニューヨークの郊外で撮られた一枚である。まだ幼い兄妹が手を取り合い、庭の小径へ吸い込まれるように向かう姿を後ろから撮ったものだ。

勇気。希望。好奇心。そして何者かに導かれるかのような荘厳な雰囲気。二人の幼い背中はたくさんのことを物語っていた。あんな一枚が撮れたなら、いますぐカメラを置いても後悔しないだろう。生涯と引き替えにしたって惜しくないかもしれない。

直志は遠くの白い波濤《はとう》をぼんやり見つめながら、「どんな写真がいい写真なの?」という昨晩の男の問いかけに思いを馳せた。どう答えればよかったのだろう。ユージン・スミスの「楽園への歩み」のような写真です、と答えればよかったのか。少し違う気がする。

もちろん万人向けの「いい写真」の条件なら幾らでも挙げることができた。構図が良くて、ピントがシャープで、露出が適切で、雰囲気がある。だがここで自分に問われているのは——男にその意図はなかったにせよ——そんなことではないような気がした。

もっと自分だけの、揺るぎない信念。それなのに万人が即座に納得してくれるような普遍的な信念。それが問われていたのではないか。そしてそれこそが、カメラマンとしての自分に最も欠けていたものではなかったか。直志は大山から与えられた宿題の手がかりを見つけた気がした。自分に足りなかったのは、極私的にして普遍的な信念であろう。

「『なんでも撮れます』は、『誰でも撮れます』と同じです。自分にしか撮れない写真を目指しましょう」

写真学校の入学式で校長に教わった言葉である。その時はなるほどと思った。だが現場に出てすぐに、そんな甘い世界ではないと思い知らされた。自分にしか撮れない写真で食べていけるのは、ほんの一握りの天才である。

直志はその一人である大山を間近に見ていたから、広告カメラマンの道は早々に諦めた。そして独立当初から、依頼があればなんでも撮った。若い頃はそれが重宝がられて仕事が回った。生活の質が上がると仕事が楽しく、ますますなんでも撮るようになった。

ライカで作品も撮りためてはいた。写真集を出したり、個展を開いたりするのが夢だったからだ。だが仕事が忙しくなると、その夢は日常の中にあっさり埋没していった。稼げているのだから仕方ない、と割り切った。

旧知の編集者が次々と現場を上がり始めたのは五年ほど前からだ。異動、左遷、昇進、転職。理由は様々だった。これに出版不況が追い討ちをかけた。雑誌を主戦場とする直志にとっては致命傷だった。もとより機材のデジタル化が進めば素人でもそれなりの写真が撮れる。仕事は減り、単価も下がっていった。若手にはチャンスだが、中年には淘汰のピンチだった。似たような境遇にあったカメラマンの半数以上が食えなくなった。生活のために機材や車を売り払ったという話をよく耳にするようになった。

ここ数年は「ムービーも撮れますか」という依頼が増えた。それには口籠らざるを得なかった。加えてカメラマンにも「作家性」や「セルフ・ブランディング」が求められる時代が来た。なんでも屋として生きてきた直志には向かい風でしかなかった。総じて、SNS時代のビジュアル・リテラシーを身につけた若い世代を唸《うな》らせる写真が撮れるかと問われたら、首すじあたりが寒くなる。

もちろん、なんでも屋として過ごした若き日々が百パーセント間違いだったとは思わない。

だが「いい写真」に対する揺るぎない信念があれば、また違ったカメラマン人生が拓けていたかもしれない。今からでは遅過ぎるだろうか。それとも自分なりの「いい写真」に対する答えが見つかれば、またやり直せる可能性はあるのか。直志はライカのボディを撫でた。これを贈られたとき、父に言われたことを思い出した。

「どうせやるなら一番を目指せ」と。

11

《タイムスリップ　過去　戻り方》

地蔵の前まで戻り、ネットで検索した。

——どうやったら過去に戻れますか？

——あなたが科学者になって、タイムマシンを開発すれば戻れます。

一般人同士のこんなやり取りが目についた。質問箱のようなサイトだ。検索ワードを変えて調べてみた。

《タイムスリップ　過去からの戻り方》

自分にこんなことが起きた以上、同じような経験をした人が過去にもいたはずだ。自分が人類史上初のタイムトラベラーである確率は高くないはずだから。そんな「先輩」が過去から戻った経験をブログにでも書いていないかと期待した。以前の自分なら、そんなブログを見つけても一笑に付しただろう。だがいまは藁《わら》にもすがる思いだった。当然のことながら、と言うべきか、目ぼしい情報は見つからなかった。

ふと思った。『バック・トゥ・ザ・フューチャー』ではどうやって過去から戻るのだったか。たしか高速で車を走らせて、雷を利用して……と朧《おぼろ》げな記憶しか浮かんでこなかった。最後に観たのはそれこそ数十年前の話だ。ネットであらすじを調べてみようかと思ったが、やめた。しょせんはフィクションである。直志がこの世界から戻るためのヒントになるはずもない。

再び神社へ戻ることにした。やはりあの場所がキーを握っている可能性が高いように思われる。道すがら、『バック・トゥ・ザ・フューチャー』に出てくる白髪の博士の顔がなぜか頻《しき》りに脳裏に浮かんだ。たしか作中の設定では、あの人物がタイムスリップできる自動車を開発したことになっていたはずだ。あの博士の名前はなんだったか……。

そんな詮もないことをぼんやり考えているうちに神社に着いた。あの老人の姿はなかった。そのことにホッと胸をなでおろしたとき、博士の名前を思い出した。ドクだ。そういえばドク博士の髪型も、あの老人のように爆発していたのではなかったか。直志はそのことに思い当たり、クスリとした。

境内に人影がないことを確認してから、石段に後頭部をあてて、地面に横たわった。頭を打った時の姿を再現してみたのだ。目をつむり、外界の温度に神経を集中する。元の世界へ戻ったなら、まずあの酷暑に汗ばむはずだ。

いつまで経っても、汗ひとつ掻かなかった。冷んやりした触感を背中に感じるだけだ。目を開けてスマホを見た。圏外のままだった。

失意と共に神社を出た。次に何を試せばいいのだろうと考えながら、とぼとぼ歩いた。生活力がゼロの玲司をこのまま一人にはできない。

気がつけば伊東駅で路線図を見上げていた。熱海まで出て東へ行けば東京。西へ行けば静岡県の中心部。どこかの駅名にピンとくるものはないか。たとえば皇居や富士山といったパワースポットへ行けば、元の世界への入り口が見つかる可能性がありはしないか。

しばらく路線図を目で追ったあと、はっと我に返った。馬鹿馬鹿しい。こんなことをしたって元の世界に帰るヒントが見つかるはずもない。

となると探るべきは──。

直志は再度、神社へ戻った。本殿で手を合わせ、胸中で尋ねる。

──なぜ私はこちらの世界に招ばれたのですか。どうやったら帰れるのですか。

当然ながら答えはなかった。石段を降りるあいだに、地震よ、また来いと願った。地震が来てまた頭を打てば、元の世界へ戻れるかもしれない。そんなことを思った自分が可笑しかった。情けなかった。惨めだった。その惨めな自分を俯瞰《ふかん》的に見つめると、怒りが込み上げてきた。誰のせいでこうなってしまったのか。直志は本殿に戻り、手も合わせず、強い口吻《こうふん》で告げた。

やけくそだった。

「いい加減にしてくれ。なんで俺がこんな目に遭わなくちゃいけないんだよ。ああ？　なんとか言えよ、こら」

やはり応答はなかった。境内は静まりかえり、鳥のさえずりが時おり聞こえて来るばかりだ。ため息をついて神社を出ようとした時だった。あの謎の声が追いかけるように聞こえてきた。

「あと一日だ」

直志は立ち止まり、後ろを振り返った。誰もいなかった。

あと一日……。どういう意味だろう。あと一日で元の世界へ帰れるという意味か。たしかに伊東競輪の今開催は明日で終わる。あの男も明日、失踪を終えて自宅に帰るはずだ。それまではあの男と一緒に居ろという意味か。

今しがた聞こえた声は、これまでと質的に異なる感じがした。多少荒っぽいこちらの問いかけに、応えてくれた感触があったからだ。

しばらく考えてから本殿の前に戻り、昂然《こうぜん》と胸を張って告げた。

「誰だか知らないが、あなたがそう言うなら、俺はあと一日、あの男と一緒に居よう。だけどそれを終えたら、元の世界へ帰してもらうからな。いいか。約束だぞ」

返事はなかった。だが対等の立場で契約を結んだつもりだった。そう思わなければ、宙ぶらりんの己の存在を正気のまま保つのは難しいことのように思われた。

12

「よう、カメラマン。今日はがっぽり稼ごうな」

金網の前で落ち合うなり男が言った。直志は男の顔をまじまじと見つめた。あの声の主は、ひょっとしたらこの男かもしれないとふと思った。あるいはこの男の無意識とでも言うべきものが具現化したものか……。

このタイムスリップには明らかに何者かの意思が働いている。おそらく声の主と同一人物だろう。それが誰かといえば、今はこの男しか思い当たらなかった。もし明日までの期限つきというなら、この男にとことん付き合ってみるのも悪くないと思った。なぜこんな事態が起きたのか知りたいし、あの事故の真相も聞き出したい。その程度なら玲司もチャーハンで食い繋いでくれるだろう。

やがて第一レースが始まった。午前中は客の方もどこかのんびりしていた。本日のメインは後半の準決勝の三つのレースである。

第二レースが終わるころ、男が場内の時計を見上げて「お、そろそろ時間か」と言った。個タクの運転手の車の査定だという。同行してもいいかと尋ねると、あっさりと許可が出た。

個タクの運転手はすでに駐車場に来ていた。おそらく洗車してきたのだろう。磨き込まれた白いクラウンが、競市《せりいち》に連れて来られた牛のように鎮座している。

やがて業者の男が現れた。メーターを巻き戻すインチキ業者と聞いていたから、どんな怪しげな男が来るのかと思っていた。だが実際にはメガネにスーツ姿のごく平凡そうな男だった。

業者は挨拶もそこそこに、チェックシートを取り出して査定を始めた。クラウンのまわりを一周しながら仔細げに書きこんでいく。

「なるべく高く引き取ってあげてよ」

男が快活に声を掛けた。業者はチェックシートに目を落としながら「ええ」と朗らかに答えた。「時岡さんにはお世話になってますから、頑張らせて頂きますよ」

ところが業者の弾き出した電卓の数字を見て、男は顔色を変えた。そこには十九万五千円と提示されていた。

「お前、俺に恥をかかせるのかよ。昨日こちらの方に『最低でも二十五万で買い取らせる』って約束したんだよ。だから忙しい中、こうして来てくれたんじゃないか」

また始まった、と直志は思った。男は昨日「俺なら二十万で売れるな」と言っていたはずだ。それに八万キロ走ったクラウンがこの値段なら充分そうなものだ。

「いやぁ、二十五万はちょっと……」

業者の声が哀調を帯びた。だが男は斟酌《しんしゃく》せずに凄んだ。

「大の男がこうして集まってんだ。色つけろよ」

業者は困り顔で二十一万円と叩き直した。刻むんじゃねぇ、馬鹿野郎。男がチンピラ風情のように言い放った一言が、業者の闘争心に火をつけたらしかった。前言とは打って変わり、きっぱりした口調で告げた。

「これが限界です」

「まだ行けるだろ」

「これ以上は所長に叱られます」

「それをどうにかすんのがお前の才覚じゃねぇか。男になれよ。家族がいるんだろ」

「いるからこそです。クビになっちゃいます」

「お前、俺に借りがあったよな」

「それとこれとは話が別です」

仕方ねぇな、とつぶやいて、男はポケットから一万円を取り出した。

「これで家族と焼肉でも行けや」

業者はなんとも言えない表情で、それを受け取った。男がおのれの面子《メンツ》のために、ここまですることが直志には意外だった。業者は指先を迷わせながら二十三万円と叩き直した。一万円の贈賄が二万円の公式査定アップに繋がるのだから、現場の方程式はなかなかに複雑そうだ。

「これでいいですか?」

男は申し訳なさそうに個タクの運転手に尋ねた。それはもう、と彼は何度も頷いた。

「よし。じゃあこれで手を打とう」

男は業者から電卓を奪い二十三万五千円と弾き直した。業者はがくっと項垂《うなだ》れた。蛇のようにしつこい男と、最後の五千円を言い争う気力は残されていないらしかった。

「あとは二人でやって」

男はそう言い残し、颯爽《さっそう》と場内へ引き揚げた。

13

「社長、今のレース獲りました？」

男を見つけた茶髪の予想屋が、台上から滑り落ちるように駆け寄ってきた。

「いや、ちょっと用事で外してたんだ。どうした？」

「大穴です。社長は穴党って言ってたから、獲ったかなと思って」

「なんだよ、ツイてねぇな。お前は？」

「無理っすよ、あんなの」

「そっか。じゃあとりあえず、今日一日分の予想をくれ」

「いや、自分はそんな積もりで来たんじゃ……」

「いいからくれよ」

男は釣りはいらないと言って千円を渡した。予想屋は小走りで持ち場まで戻り、また小走りで戻ってきた。

「自信はあるか」

「うーん、どうかなぁ」

「しっかりしろよ。プロだろ」

「すんません。でも外れても、また怒ったりしないで下さいね」

「ははは。あれはもう言いっこなしだよ」

昨日の敵は今日の友――。そんな一幕を見守りながら、直志は小首をかしげた。旅先で出会った個タクの運転手の世話を焼き、予想屋を手なずけることに喜びを見出している男が、果たして三日後に自殺するだろうか。恩を売り、かりそめの人望を得たところで、墓場までは持っていけない。となると男は三日後に自分が空《むな》しくなることを知らずに、せっせと貸しをばら撒いているのか。それとも三日後に亡くなることを知りつつも、刹那刹那に虚勢を張り、おのれを大きく見せることを止められないのか。人は最期まで生来のパーソナリティに従属すると考えるなら、そんな見方も成立する。

次のレースが終わると、男が「あーあ。掠《かす》りもしねぇや」とぼやいた。あの予想屋の予想どおりに買ったのかと直志は尋ねた。いや、今日はあいつも持ってなさそうだから、というのが男の答えだった。

「何を基準に判断するんですか。相手の持ってるとか持ってないは」

「目だよ。目を見りゃ大抵のことはわかる。そいつがどんな生き方をしてきたか。心臓《ハート》は熱いか冷めてるか。今日はツキを持ってるか。口と違って、目は嘘をつかないからな」

口八丁で世を渡ってきたような男の言葉だけに、真実味があるようにも、それに欠けるようにも思えた。いずれにせよ男のような叩き上げタイプの人間は、自己流の人間観にいささか過剰な自負心を抱いているものだ。

「私の目はどうですか」

直志は冗談半分のつもりで尋ねた。ところが男は試されているとでも感じたか、直志の目をじっと真剣に覗きこんできた。そして無礼極まりないことを言ったのだった。

「死にかけてるね。でもワタナベさんの場合は、まだ捨てたもんじゃないよ。目の奥に火種がある。それがあるうちは、また大きく燃え上がることもできるから」

男は一つフォローを入れたつもりだろう。だが「死にかけてる」の一言は直志の胸に応えた。思い当たる節がない訳ではなかったからだ。けれどもそれをこの男に指摘されたのが気に食わなかった。それでつい、刺々《とげとげ》しい口調で訊き返してしまった。

「時岡さんの場合はどうなんです。まだ燃えているんですか」

「俺？　俺は……風前の灯だな」

寂しげな微笑が漏れた。男はやはり自分の命数を知っているのかもしれない。だが安易にシンパシーを寄せるのは危険だった。天性の詐欺師は、自分でも本音と芝居の境目がつかないと聞いたことがある。

「それにしても、時岡さんも優しいところがあるんですね。今日はツキを持ってなさそうな予想屋から予想を買ってあげるんだから」

「そうとも言い切れないよ。ダメならダメで役に立つから。よく言うだろ。世界でいちばん役に立つのは、絶対に当たる予想。次に役に立つのが、絶対に外れる予想だって。あいつの予想を買い目から外せるだけでも、買う価値があるよ」

「なるほど。言われてみれば、どちらも得難いかも」

「だろ？　予想屋じゃなくて予言者だったら、一千万だって払うのにな」

それは払い過ぎでしょうと笑ったが、その笑みは数秒後に失せ去った。全身に強烈な電気が走った。周囲のざわめきが急に途絶え、直志の耳には何も入らなくなった。心も真空地帯のように活動を止めた。

「おい、どうした？」

男の一声で、直志はようやく我を取り戻した。

「……なんでもありません。あの、ちょっとその辺をぶらぶらしてきますね」

男に告げて場内の雑踏に紛れ込んだ。そしてポケットの中のスマホをきつく握りしめた。どうして今まで気づかなかったのだろう。『バック・トゥ・ザ・フューチャー』のことまで思い出したというのに。いま自分が握りしめているガジェットは魔法の杖だ。地蔵の前でこの杖を振るって今日の競輪結果を調べれば、大金持ちになれるではないか。

そのカネをあちらの世界へ持ち帰れば借金が返せる。国民健康保険の滞納金が払える。車のラジエーターが交換できる。玲司の塾代が払える。ゲーミングマウスを買ってやれる。それどころかマンションのローンを一括返済して、作品撮りだけして生きていけるかもしれない。なんなら玲司が一生のあいだ引きこもっても充分なくらいの財産を残してやれる可能性だってある。

誰しも一度は「宝くじが当たったら」と空想したことはあるだろう。それがいまは空想ではなく手の届くところにあった。直志は悠々自適な暮らしを思い浮かべて陶然とした。途端に周囲の客たちが愚か者の群れに見えてきた。負けるに決まっているこんなギャンブルに徒手空拳で臨むなんて、なんと不毛なことだろう。直志はある種の全能感に浸りながら場外へと向かった。

ところが地蔵の前に着く寸前に、ある言葉を思い出して粛然とした。バタフライ・エフェクトである。蝶の羽ばたき一つで思わぬ連鎖が起こり、遠く離れたところで台風が生まれるという現象だ。

もし直志が大金を持ち帰ったら、それが蝶の羽ばたきとなって、妻や玲司に会えなくなってしまうかもしれない。思いがけないことが重なり、第三次世界大戦が起きるかもしれない。一個人の私利私欲で〝歴史〟を変えてしまっていいものか。

だがこう考えることもできた。直志にとっては大金でも、世界にとってはほんのひと雫に過ぎない、という考え方だ。アマゾン川から小さじ一杯分の水を掬《すく》ったところで歴史が変わるか。変わるはずがない。

バタフライ・エフェクトか、大河の一滴か。

直志は二つのあいだで揺れ動いた。カネは咽喉《のど》から両手が出るほどに欲しかった。それですべてが一変する。何もかも思うように行かなかったここ数年の負債が、すべて清算できるのだ。オセロゲームで真っ黒だった盤面が真っ白に変わるシーンが思い浮かんだ。一発逆転。起死回生の一打。父の言葉ではないが、人生やギャンブルは一勝九敗でも勝てるときは勝てるのだ。

直志はごくりと唾を呑み込んだ。そしてスマホの検索窓に文字を打ち込んでいった。もう、後戻りはできない。指が震えた。これまで何万回とシャッターを切ってきたが、こんなふうに震えたことはなかった。腕に鳥肌が立った。

《一九九三年　八月二十二日　伊東競輪　レース結果》

打ち終えて検索ボタンを押す時も、まだ指は震えていた。

検索結果が表示された。上から順に開いていった。一つのサイトを隅ずみまで調べ、欲しい情報がないことを確かめると、閉じてまた検索画面をスクロールしていった。大金を目の前にした泥棒の気持ちはこんな感じか、と頭の片隅で思った。

何ページも飛んでサイトを開いた。だが欲しい情報にはなかなか辿りつけなかった。やがてピントのずれたサイトばかり表示されるようになってしまった。おかしい。おそらく見逃してしまったのだろう。一ページ目に戻り、また上から有力そうなサイトを開いていった。なかった。調べても調べても、どこにもなかった。

「ないんだ……」

声に出してつぶやいた。先ほどまでの高揚が嘘のように、全身から力が抜けていった。どうやら「ネットにはどんな情報だって載っている」というのは思い込みだったようだ。三十年前の地方競輪の平開催のレース結果。それは無限の記憶量《メモリ》を誇るように見えるネット世界にすら、載せておく価値がないものであるらしかった。

見た夢のサイズが大きかっただけに、落胆も大きかった。これでまた自分は廃業寸前、借金まみれの冴えない中年男に逆戻りか——。そう思うと、ため息が連発した。こんな落胆を味わうくらいなら、初めから魔法の杖の存在になど気づかなければよかった。あの男も罪作りな一言を言ってくれたものだ。それに乗せられた自分も悪いのかもしれないが。

それにしても、レース結果が載っていないとはどういうことか。日本競輪協会の怠慢ではないか。そんな協会があるとして、の話だが。それに類した団体はあるだろう。きちんと仕事をしろと叱ってやりたかった。帰ったらクレームの一つも送ろうか。だがそれは三十年後の世界ではカスタマー・ハラスメントに該当すると言われてしまうかもしれない。やめておくのが無難だろう。でもやはり、腹が立つ。

心の中でひと通り呪詛《じゅそ》の言葉を吐き終えると、すこしだけ気が鎮まってきた。考えようによっては、夢が一瞬で潰《つい》えてくれたのは有り難いのかもしれなかった。もし一晩がかりの長い夢になっていたら、落胆はもっと大きくなっていただろうから。それにこれで、妻や玲司と出会えなくなる世界線は消えた。第三次世界大戦も起きないだろう。ある意味で自分は世界的英雄だ。何かをしなかったことによって、世界を救った影のヒーロー……。

自分を慰める言葉の在庫が尽きかけたとき、思わぬ所から二の矢が飛んできた。むかしゴルフ雑誌の記者が、こうボヤいていたことを思い出したのだ。

「あーあ。また国会図書館へ行かなきゃ。面倒くさいんですよね、あそこ」

彼によれば、国会図書館にはありとあらゆる新聞の縮刷版があるらしい。過去数十年から、下手をしたら百年以上前の紙面がすべて保管されているそうだ。これを玲司に調べに行ってもらえば、今日のレース結果がわかるのではないか？

ふたたび全身に気力が漲《みなぎ》ってきた。直志は国会図書館のサイトを開き、利用規定を調べた。本来なら十八歳未満は利用できないが、学校のレポートなどにどうしても必要な場合は、申請書を書けば十六歳でも使えるとあった。玲司はぎりぎりセーフだ。申請は数日前が理想だが、急ぎの場合は当日でも対応して貰えるらしい。

さらに自宅から国会図書館への行き方や、だいたいの所要時間について調べた。持っていくもの、費用、国会図書館での申請の仕方についても。レース結果を調べるスポーツ新聞は、巨人ファンだった父が贔屓《ひいき》にしていた報知新聞でいいだろう。申請理由は「レポートで昔のプロ野球の結果を調べている」。一攫千金のために嘘をつかせるのは気が引けたが、玲司もその恩恵に与《あず》かれるのだから、そこは目を瞑《つむ》ってもらおう。

そこまで調べ終えると、先ほどまでの落胆や殊勝な心がけはDeleteキーでも押したようにあっさりと消え去っていた。

——玲司は行ってくれるか？

懸念はその一点に絞られた。これについてはあれこれ考えても仕方ない。玲司がうんと言ってくれなくては始まらないのだから、本人に伺いを立ててみるのが先決だ。ダメでもともと。行ってくれるなら二ヶ月ぶりの外出になるし、レース結果も判るしで一石二鳥だ。直志はメッセージを打った。

〈いまから永田町《ながたちょう》にある国会図書館へ行って調べ物をしてきてくれないか。知りたいのは一九九三年の八月二十二日の伊東競輪のレース結果。報知新聞の縮刷版で調べてもらえばわかる〉

すぐに返事があった。

〈無理〉

そうだろう。まったく予想通りの二文字だ。

〈そこをなんとか頼む。大事なことなんだ〉

既読はついたが返事はなかった。五分ほど待っても音沙汰はなかった。これはＮＯの意思表示と見るべきだろう。この二ヶ月の玲司を思えば無理もない成りゆきだ。

誰かほかに行ってくれそうな人はいるか。直志はスマホの連絡帳を開いてスクロールしていった。あちらの世界は、今日は土曜日だから会社勤めの人でも行ってくれる可能性はある。だが直志に「いまから国会図書館に行って、三十年前の競輪の結果を調べてきてくれないか」と気軽に頼める会社員の知り合いは一人もいなかった。

ただ一人、頼める相手がいるとしたら渡辺和史《わたなべかずし》だ。

直志がこちらの世界での偽名に名字を拝借した、高校時代の親友である。渡辺とは一年近く連絡を取っていなかったが、若い頃はよくつるんだし、お互いの家もよく行き来した。今でも気安い仲であることは確かだ。

渡辺は実家の酒屋を継いでいた。土曜は忙しいかもしれないが、こんな頼み事をしても後で謝れば許してくれるのは、やはり渡辺しか思い浮かばなかった。直志は渡辺に要件を記したメッセージを送った。すると思いがけないほどの早さで返事がきた。

〈お前、すごいタイミングで連絡してきたな。実は今朝がた、親父が亡くなったんだ。で、そんな俺に何を調べてこいって？〉

直志はあわてて謝罪のメッセージを送った。

〈親父さん、亡くなったのか。知らなかったこととはいえ、急に変なお願いごとをして本当に

申し訳なかった。心よりご冥福をお祈りします〉
〈まあ、親父はずっと闘病してたし、何日も前から昏睡状態だったから、心の準備はできてたんだ。お悔やみありがとう。落ち着いたらまた一杯やろう〉
直志は独立して間もない頃、渡辺の結婚式でカメラマンを頼まれたことを思い出した。渡辺の親父さんは優しい人だった。会場を飛び回り、息つく暇もなくシャッターを切っていた直志を気遣い何度も声をかけてくれた。本来なら香典をもって駆けつけるべきだろう。だがこんな状況ではそれもままならない。直志は地蔵の前で合掌して黙禱《もくとう》をささげた。
大河の一滴を持ち帰ることには未練を感じた。だが玲司と渡辺が駄目なら諦める他ないと、場内へ戻ることにした。スマホのバッテリーは24％まで減っていた。

14

かくれんぼでもするように、男が柱の陰に身を隠していた。声を掛けようとしたら、「しっ！」と人差し指を立てられた。お前も隠れろとジェスチャーで指示される。直志は男の隣へ身を潜めた。

「あいつ、獲りやがったぞ」

男の視線の先には金物屋の姿があった。ひょろりとした痩身が、なんとなく周りを警戒しながら換金所に並んでいる。

「また大穴が出たんだ。どれくらいご祝儀をよこすと思う?」

金物屋は大穴に大金をぶちこむギャンブラータイプには見えなかったから、千円くらいですかねと直志は答えた。

「俺は白ばっくれると思う。一万賭けるか?」

手持ちは三千円しかなかった。千円なら受けますと言うと、男はオーケーと肘で脇腹をつついてきた。合意のサインというわけだ。二人は金網の前に戻り、金物屋の帰りを待った。彼が姿を現すと男は何食わぬ顔で尋ねた。

「また大穴を獲りそこねたよ。おたくは?」

だめだめ、と金物屋は肩をすくめた。「あんなの獲れるわけないよ」

男がにやにやしながら手を差し出してきた。漱石を手渡すと、男が勝ち誇ったような顔で言った。「ワタナベさん、腹減ってない? これでおごるよ」直志は渋面をつくりながら、ええ、心おきなくご馳走になりましょうと答えた。

二人は食堂へ行き、三百五十円の煮込み丼を注文した。

「なんで金物屋さんが隠すって分かったんですか」

「だって、こすっ辛い目をしてるじゃん」

「ああ、目を見ればすべて分かるんでしたっけ」

「うん。それでいくと今日のワタナべさんは持ってるような気がするんだけどね。さっき目を覗きこんだ時、ピンときた。だから買い目が閃《ひらめ》いたら教えてね。ビギナーズラックって本当に馬鹿にできないから」

煮込み丼はものの一分で提供された。白飯に煮込みをぶっ掛けただけのシンプルなものだが、それがかえって旨そうに感じられた。男ががつがつと掻き込みはじめた。まるで野生動物が数日ぶりに食事にありついたような旺盛な食欲に、直志は一種、面妖な心持ちになった。

男は三日後に生命活動を終える。遺体は焼かれ、男のエネルギッシュな食欲は雲散霧消する。食欲だけではない。名誉欲も金銭欲も悔恨も愛情も、男をかたちづくるありとあらゆるものが無くなり、灰と骨だけが残る。そして男は、男を知るわずかな人たちの記憶の中でのみ生き続けることになる。だがそれもやがて消滅する。

百年後には、男はおろか、直志や玲司が生きた記憶だってこの地上には残されていないかもしれない。それを思うと、生きるとはなんだろうと考えざるを得なかった。こうして食物を体内に摂り込み、身すぎ世すぎの喜怒哀楽のエネルギーに変えること。すなわち入れて出すことだけが、生命体というものの明け透けな本質なのだろうか。それは興醒めで、味気ない結論のように直志には思えた。

それすら死によって無に帰するならば、生きることになんの意味があるのか。ひょっとしたら意味などないのかもしれない。それどころか我々は「無い」のが自然な姿なのであって、生きて「在る」ことの方が、この宇宙では奇跡のような時間なのかもしれない。

そんなところまで思考が延び切ったとき、ふと、二人きりの今はあの事故の真相について聞き出すチャンスだということに思い当たった。直志は現実に引き戻され、さりげなく切り出した。

「時岡さんは商売が順調だと言ってましたね。景気が悪くなってきたのに凄いです。どうやって不景気から身を躱《かわ》したんですか」

「どうもこうもないよ。不景気のあとは好景気がくる。経済なんてその繰り返しだろ」

答えになっていなかった。はぐらかしたのだ。それに日本経済は景気循環を忘れてこのまま失われた三十年に入る。そのことを教えてやっても良かったが、三日後に側壁に衝突して亡くなる人間には無用の情報だろう。

「家族のために何かしてることってあるんですか」直志は角度を変えて食い下がった。「たとえば資産運用とか、生命保険とか」

男は箸を止めて、丼越しに不審げなまなざしを送ってきた。生命保険という言葉に反応したのかもしれない。怪しまれてはまずいと、すかさず言葉を継いだ。

「僕なんかには想像もつきませんが、時岡さんくらいの資産家になると、そういう配慮も必要なのかなと思って」

「まあね。そういうのはハマる時もあるし、ハマらない時もあるけど」

男は意味不明な言明で軽くいなした。そして丼の底に溜まった煮汁を一気に飲み干した。その不健康そうな習慣をかいま見たお陰で、男が糖尿病の薬を飲まなかったことに気づいた。父は直志が小学生のころから糖尿の気があり、食前の服薬を欠かさなかった。薬の用法や服用時間に関しては、なぜかとても几帳面な一面があった。だから男がこの逃避行に薬を忘れてきたとは考えづらかった。もしわざと置いてきたなら、三日後に自分の身に起きることを知っているという強力な傍証になる。無意味なメンテナンスを一足先に中止するのは理に適《かな》っているからだ。

「時岡さん、糖尿の気はないんですか」

単刀直入に尋ねた。男はさっと顔色を変え、鋭い目つきで尋ねてきた。

「あなた、さっきから変わった質問ばかりするね。なんで？」

どうやら急ぎすぎたようだ。男とは真逆で、自分はこの手の腹芸を要するミッションにつくづく向いていないと認めざるを得ない。

「じつは僕も最近、糖尿の気が出てきたものですから……」

なんとか糊塗《こと》したつもりだったが、男はあまり納得いっていない様子で「ふうん」とつぶやいた。そしてテーブルに置かれた直志のカメラに目を止めて「いいカメラだね。さすがはプロだ」と言った。

「わかりますか」

直志は男の話題転換に乗った。事故の真相追及からは遠のいてしまったが、籔蛇から正体を見破られる危険からも離れることができた。引き分けということにしておこう。

「わかるよ。雰囲気あるもん。なんてカメラ？」

「ライカのＭ６です。自分の作品はこれで撮ると決めているんです」

「作品の他に何があるの」

「依頼の仕事ですよ。建物とか人物とかカレーライスとか」

「そっか。作品と依頼でそんなに違うもの？」

「違います。もちろんどちらも全力投球ですが、使う感性が違うというか……」

「使う感性の違いか。なるほど。プロの言葉だね」

ふと、午前中の作品撮りの充実が脳裏に甦った。世界をどう切り取ろうかと、全身が鋭敏なセンサーのようになるあの感覚は、依頼仕事では味わえないものだ。

作品撮りだけして生きていける暮らしは多くのカメラマンが憧れる境遇である。先ほどそれに手が届く寸前まで行ったのかと思うと、惜しいという気持ちが再び擡《もた》げてきた。なんとか、玲司と交渉の余地はないものか。そういえばこの男は飴と鞭をうまく使い分けて、中古車業者を手玉に取っていた。やはり交渉ごとはあれくらい抜け目なく立ち回らねば、相手を意のままには操れないのだろうか。

「一つ、お知恵を拝借してもいいですか」ダメもとのつもりで尋ねた。「ここに、出張ってくるのを渋っている人がいるとします。先ほどの中古車業者のような人だとしましょう。彼が『伊東まで行くなんて面倒くさいよ』と言ったら、時岡さんならどうやっておびき出します？」

「そりゃギャラを弾むのが手っ取り早い」

「条件が折り合わなかったら？」

「だんだんと釣り上げていく。自分の考えるリミットまで」

「それでも相手がうんと言わなかったら？」

「最後に『経費は別だよ』と添えてみるんだね。『伊東は魚が旨いぞ。たまには懐具合を気にせず旨いもんでも食え。領収書を取っておいてくれたら、あとで精算するから』って。人間はおまけとか役得に弱い生き物だからね。でも、なんでそんなこと訊くの？」

「息子を外に連れ出したいな、とずっと思っていたものですから……」

「ああ。ワタナベさんちの息子は、家から一歩も出ないんだっけ？」

男が楊枝入れに手を伸ばしながら尋ねてきた。

「ええ。あれだけ陽を浴びないと、病気になるんじゃないかと心配で心配で。何度も外に誘ってるんですが……」

「それって却って、逆効果なんじゃないかな」

男は楊枝で歯間をつつきながら言った。

「十六歳は大人じゃないけど、子供でもない。頭ごなしに外に出ろって言ったって従うはずないよ。逆に意固地になっちゃう。だから大人として扱った方がいいね。言い換えると、男同士として接するってことだ。何事も間合いだよ」

偉そうに言われるのは悔しかった。だが交渉事は男に一日《いちじつ》の長がありそうだ。直志は逸《はや》る気持ちをおさえつつ、男の教えを胸に、地蔵へと向かった。

15

玲司に提示するリミットはいくらに設定すればいいだろう。原理的にいえば数十万や数百万を提示しても惜しくはなかった。それだけのリターンが期待できるからだ。しかし、そこまで手段を選ばず達成に執着することは、何か良くない結果を招くような気がした。玲司だって怪しむだろう。玲司の小遣いは月五千円である。だからリミットはせいぜいその倍の一万円でいいのではないか。それで玲司が首を縦に振ってくれないなら、そういうことだったのだと諦める他ない。

地蔵の前からメッセージを打った。

〈さっきの件だけど、行ってくれたら報酬を払うよ。どう？〉

玲司はトイレへ行く時もスマホを手放さない。すぐに返事が来た。

〈行かないけど、いくらくれるつもりだったの？〉

〈三千円〉

〈タイパ悪い〉

〈なにそれ〉

〈タイムパフォーマンス。そんな遠くまで行って三千円とかムリ〉

〈五千円なら?〉

〈安い〉

〈じゃあ一万なら? これが最終提示額だよ〉

既読はついた。だが返事はなかった。そこにわずかな光明を見出した。ひょっとしたら玲司は二ヶ月ぶんの小遣いと二ヶ月ぶりの外出を天秤にかけて迷っているのかもしれない。

目の前でスマホのバッテリーが残り20%になった。玲司が行ってくれることになってもバッテリーが切れてしまっては元も子もない。直志は早めに切り札を投入することにした。男の教えを実践するのだ。

〈経費は別だよ。メシ代や交通費はもちろん、電車の中で読む漫画も二冊までは経費と認める。デザートもOKだ。明日のパンとか弁当も買ってくればいい。冷凍チャーハンばかりにも飽きただろ。たまには外で旨いもんでも食ってきたら?〉

玲司の気を惹きそうなものに、先回りの満額回答を与えたつもりだった。送信するとすぐに既読がついた。固唾を呑んで返事を待っていたら、「おい」と後ろから声を掛けられた。びくっとして振り返ると、今朝がた神社で遭遇した老人が立っていた。

「なんでそうやって、いつも驚かすんですか」

「おめぇこそ、何でここにいるんだよ」

「ちょっとこの地蔵に用があったんですよ。そちらは何故ここに？」

「ここらは俺の縄張《シマ》だ。まあ、別宅みたいなもんだけどよ」

「シマって……」

そんな言葉遣いをするのはヤクザか浮浪者くらいなものである。やはりこの老人は宿なしなのだろう。

「そういえば、昨日スポーツ新聞をやったお返しがまだだったな。ホット珈琲でいいぜ」

「あのですね」

直志はため息をついて状況を説明した。

「僕は今とても大切な返事を待っているんです。それにそれを言うなら、僕に千円札を返すのが先でしょう。持ってきてくれたんですか」

「あれは、もう少し預かっておく」

「もう少しって、どれくらいですか」

「もう少しはもう少しだよ。固てぇこと言うな。ほら、今日もやるから」

老人は持っていたスポーツ新聞を直志の手に押しつけてきた。軽かった。歯欠けかもしれない。競輪欄だけ抜きとって捨てられていたものを、どこかで拾ってきたのだろう。

「珈琲くらい、いいだろ。な、頼むよ。力《リキ》が出ねぇんだ」

老人はわざとらしく、ぺたんと地蔵の横に尻をついた。よれよれの赤茶けたポロシャツが、地蔵の古びた赤い前垂れと見栄えのわるいペアルックのように並ぶ。

「ああ、珈琲が飲みてぇ」老人が嗄《しゃが》れた声で言った。それでも駄目だと見ると「買ってきてくれよぅ」と懇願するように言う。耳障りだし、五月蠅《うるさ》くて仕方なかった。老人はしばらく居座りそうな気配だった。これでは玲司との交渉に集中できない。北風と太陽の喩《たと》えではないが、老人の口を塞ぐには珈琲を与えるのが手っ取り早いのかもしれない。直志は根負けして「買ってきますよ。ブラックでいいんですか」と尋ねた。

「いや、ミルクを一つに砂糖を二つ。かき混ぜるスプーンも忘れないでくれよ」

仕方なく場内で買ってきて渡した。おお、これこれ、と老人は濁った古電球のような目をわずかに輝かせた。ミルクと砂糖を一つずつ入れてかき混ぜる。余った砂糖は自分のポケットにしまった。後で使うのか。それとも路上生活の知恵か何かか。

「返事、来たのかい?」

老人に言われてスマホを見ると、玲司から〈行く〉と返事が届いていた。

「えっ、マジで?」

驚きに満ちた声が口をついて出た。玲司の引きこもりは、あるいは永久に続くのではないかと思っていた。だがついに雪解けのときが来たのだ。それは唐突な訪れだった。じわじわと喜びが込み上げてくる。

だが、喜んでばかりもいられなかった。直志は頭の中でタイムスケジュールを組み立てた。自宅から国会図書館まで一時間ほど。手続きと調べものでプラス一時間ほどか。となると、うまくいけば八レースくらいから当たり車券を買えることになる。

バッテリーの残りはあと18％に減っていた。節電が必要だった。直志は〈ありがとう。レース結果がわかったらすぐ教えてくれ〉と返事を打って、スマホの電源を落とした。

老人はとても大切な液体を体内に取り込むように珈琲を啜っていた。直志は買ってきてやって良かったと沁々《しみじみ》と思った。大金が手に入るかもしれないということよりも、玲司の二ヶ月ぶりの外出に、思いがけないほど気を良くしている自分がいた。

16

第五レースの投票が始まっていた。

一日の折り返し地点だ。それまで半分眠っていたギャンブラーたちの欲望が両目を開けて、場内のあちこちに猥雑なエネルギーが溜まり出す。直志はその泥臭い活力にある種の郷愁を覚えた。だが玲司の外出を見守る間だけは、静けさの中に身を置いておきたかった。場内を見渡すと四コーナーの観覧席の上方あたりがガラガラだった。そこの最上段まで登ってベンチに腰をおろした。そして下界の混沌《カオス》を見下ろしながら、よくぞ玲司は引き受けてくれたものだと改めて感慨に浸った。

この二ヶ月、いくら押しても玲司という山は動かなかった。だが男の助言に従ったら、いとも簡単に動いた。男は言った。息子を一人の男として遇しろと。十六歳ともなれば、父と息子のあいだにもそうした〝作法〟が必要なのだと言いたかったのだろう。その通りだった。これまでの自分に最も欠けていたのは、その配慮だったのかもしれない。まさかあの山師のような男に父親としての在り方を教わることになるなんて——。直志は苦笑いを漏らした。

こうなるといちばんの気掛かりは軍資金の少なさだった。先ほど老人に百五十円の珈琲を奢ったから所持金は二千円を切った。これでは玲司から首尾良い連絡があったとしても原資が少なすぎる。

仮に八レース、九レース、十レースと立て続けに一点買いで当てることができたとしよう。オッズはすべて十倍と仮定する。千八百五十円の十倍の十倍の十倍だから、ざっと二百万円弱。これでは悠々自適の暮らしどころか、借金を完済することもできない。

今から駅前の消費者金融に駆け込もうか。だが三十年後の免許証では審査に通るはずもない。銭湯屋や金物屋に借りる訳にもいかないし、貸してくれるとも思えない。出会ったばかりの相手に貸してくれる可能性があるとしたら、やはりあの男だ。うまく自尊心をくすぐれば、己を大きく見せたいがために、まとまった額を貸してくれるかもしれない。

あの男にお為ごかしを言うのか、と思うとげんなりした。だが考えれば考えるほど、資金を融通してくれそうなのはあの男しかいなかった。

踏ん切りはつかなかった。気分をリセットするために、老人から貰ったスポーツ新聞を開いた。ヤクルトは負けて野村《ノム》さんが得意のぼやき節を発していた。細川護熙《もりひろ》首相がSPを引き連れてお忍びで映画を観に行ったという記事もあった。歴史をリアルタイムでなぞるという不思議な感覚に身を浸していたら、スタンドの下方から巨大な肉の塊が階段をのぼってくるのが見えた。銭湯屋だ。

彼は直志のいるところまで来ると、荒い息を吐きながら「やあ、こんなとこにいたんだ」と二つ隣のベンチに腰をおろした。尻の半分が、台座に収まりきらない鏡餅のようにはみ出している。いったいどういう風の吹き回しかと思っていたら、「実は、カネを返そうと思ってる」と思い詰めたように言われた。直志は面喰らいつつ「誰に？」と尋ねた。

「横浜の大将に。きのう貰ったご祝儀を」

なんでも先ほど男が電話で話しているのを聞いてしまったらしい。男は「だから近いうちに返せるって言ってるだろ！」と声を荒らげていたそうだ。

「けっこう深刻そうだったよ。あの人、ほんとは金に困ってるんじゃないかな」

銭湯屋は直志にこのことを諮《はか》るために、重力に抗いつつ巨体を揺らせ、わざわざここまで登ってきたらしい。

「金物屋さんにそのことは話したんですか」

「あいつは、まあ、あれだから……」

銭湯屋は苦笑いした。一緒に返還しようという誘いを断られたのかもしれない。もし男に深刻な借金があるなら、ご祝儀を返したところで焼石に水であることは、銭湯屋だって百も承知だろう。だが彼の中にある何かが頬被《ほおかむ》りすることを潔しとしていないのだ。この寡黙な巨漢が、実は少年のように柔らかな心を持っていたことに、直志は目を瞠《みは》る思いがした。

「返す必要なんてないですよ」

直志は穏やかな口調で告げた。「世の中には他人にご祝儀をあげることで、自分も気持ち良くなる人だっているんですから」

「自分に借金があっても？　そんな人、初めてだよ」

「僕は二人目です」ただし同一人物かもしれないのですが、と胸中で付け加える。

銭湯屋は例によって表情の変化に乏しく、感情を読み取りづらかった。納得しているのか、いないのか。外からは窺い知れない。

「面白い人だよね、あの人」無人のバンクに目をやって銭湯屋が言った。「でも変わった人だ。抜け目なさそうに見えて、どこか抜けてる。あと、喧嘩が弱そうなくせに威張《えば》ってる」

直志はからっと笑った。たしかにその通りだ。銭湯屋も珍しく、ふっと頬を緩ませた。

第六レースの出走前、少し早い気はしたが、地蔵の前まで行ってスマホの電源を入れた。五分前に玲司からメッセージが届いていた。

〈電車を乗り間違えて、新宿に来ちゃった〉

これだから引きこもりは——と頭を抱えた。どうやったら永田町をめざして新宿に辿り着くのだろう。しばらく考えて、おそらく東海道線と湘南新宿ラインを乗り間違えたのだろうと思い当たった。あの二つは横浜駅では同じホームを使うことがある。

この調子では日が暮れてしまいそうだった。直志は泣く泣く〈タクシーに乗れ〉と指示を出した。すると玲司から〈もう丸ノ内線に乗ったから大丈夫〉と返事が来た。本当に大丈夫だろうか。「はじめてのおつかい」を見守る親の気分で続報を待っていたら、赤茶けたポロシャツを着た老人が競輪場のアーチをくぐってこちらへ来るのが見えた。まるで尾けられているかのようだ。こいつはいいカモだとでも思われているのかもしれない。

「精が出るねぇ。腹減っただろ」

メシを奢れと言われたら毅然と断ろうと思った。すると老人は直志の胸中を見透かしたかのように、「べつにタカろうって訳じゃねぇよ」と言った。そしてポケットから和菓子の包みのようなものを取り出した。なにかと尋ねると、落雁《らくがん》という答えが返ってきた。おそらく地蔵のお供えを失敬したものであろう。やはりこの老人は青空の下を住処《すみか》とする人なのだ。

おめぇも食うかと訊かれたが断った。盗み食いを咎《とが》める気はなかったが、お相伴に与かる気にもなれなかった。老人は地べたに座り、砂糖をぽろぽろ零《こぼ》しながら落雁を食べ始めた。

玲司から続報が届いた。

〈赤坂見附駅に着いたけど、ここほんとに永田町駅とつながってる？　迷い中。改札を出たかどうかも忘れちゃった〉

〈わからなかったら人に訊け。できたら駅員がいい〉と返事を打った。

迷宮のような地下道で標識を見つけられず、さりとて人に声も掛けられず、おろおろする玲司の姿が目に浮かんだ。九歳のころの玲司は、人に道を尋ねるなど造作もなかった。ところが十六歳の玲司にはそれが難しい。だが外界に一歩を踏み出すとは、見知らぬ人にわずかな親切を示されたり、少し冷たく扱われたりすることをも意味した。そうした経験を積み重ねて欲しくて、あの手この手で誘い出したのだ。

これはとても小さな一歩だった。だがこの一歩がなければ、玲司は永遠に穴蔵の中の住人で終わってしまうかもしれない。誰からも愛されず、誰をも愛することのない玲司の人生を想像すると胸が痛んだ。きちんと玲司を育てるって約束したでしょ、という妻の声が耳に甦る。

「子供を育てるって、ほんとに難しいですね」

思わず、ため息が漏れた。

「自分の中にもまだ子供みたいな気持ちが残ってるのに、親らしく振る舞わなくちゃいけないなんて……」

愚痴を聞いてくれるなら相手は誰でもよかった。この老人は半ば人外のようなものだから、本音を吐露しやすかったともいえる。すると老人は指についた砂糖を舐め取りながら言った。

「だからこそ、子供の気持ちが分かるんじゃやねぇか。そもそも子供は、竹みたいにまっすぐ育つもんじゃねぇ。道草を食ったり、壁にぶつかったり、穴ぼこに落ちたりするのが仕事だ。おめぇだって、親を泣きたい気持ちにさせたことは何度もあったはずだぞ。忘れたか？」

直志は思いがけない人に、思いがけないことを言われて、息を呑んだ。

「たまにはいいことも仰《おっしゃ》るんですね」

「あたりめぇだ。俺が何年生きてっと思ってるんだ。それより甘いもんを食ったら、濃いめのお茶が欲しくなってきたな。おい――」

「あ、ちょっと待ってください」

老人の注文が発せられる前に、玲司から写真つきのメッセージが送られてきた。

〈地上に出たけど、国会とか、議員宿舎とか似た建物多すぎ〉

たしかに似たような建物がずらりと並ぶ写真だった。わざわざこんなものを撮って送ってくるなんて、なんと悠長なことだろう。

だが玲司には幼い頃からマイペースな一面があった。老人のように長湯したり、一人で簡単なパズルを延々と繰り返したり。そんなところまで含めて愛くるしかった玲司の幼少期を思い出すと、いくら引きこもりになったとはいえ、外出や社会復帰を急《せ》かしすぎたのかもしれないと反省した。玲司には玲司の一番しっくりくる歩き方があったのだ。

〈着いた〉

待望のメッセージが届いた。今から申請をして調べものを始めるとなると、最低でも三十分から一時間は掛かるだろう。スマホのバッテリーは12％まで減っていた。直志は〈頼んだぞ〉と返信してスマホの電源を落とした。

「僕はいったん場内へ戻ります。千円札、ちゃんと返してくださいね」

老人はわざとらしい伸びをして、直志の呼びかけをスルーした。ひょっとしたらあの補聴器は、都合が悪いことを聞き流すためのカモフラージュなのかもしれない。

「濃いめのお茶、お持ちしましょうか？」

直志はカマをかけた。老人は「ん？　もういいや」とスムーズに答えた。

17

「こらア、三番！　サイクリングしに来たんじゃねぇぞ！　ちゃんと走れクズ！」

男が第七レースを走り終えた選手に野次を飛ばしていた。今日もここまで当たりが一本もないらしい。続く第八レースも外れると一段と声を跳ねあげた。

「落車《コケ》んの覚悟で突っ込めよ、八番！　チンポコついてんのか阿呆！」

内容もだんだんと品下がっている。金網をつかんで野次を飛ばす姿を見ていると、あれは保険金目当ての自殺などではなく、本物の事故だったのではないかと思えてきた。三日後に自殺を企てている人間が、残りわずかな時間をこんなふうに消費するのは理に合わないような気がする。

直志はわが身に置き換えて考えてみた。自分ならどうやって過ごすだろう。飽くまで己の代表作を追い求めて作品を撮り続けるか。それとも三日三晩、玲司と思う存分に語り合うか。

玲司に伝えておきたいことなら山ほどあった。たとえばこれから出会うであろうお酒や女性とのスマートな付き合い方だ。どちらも失敗や後悔の宝庫だから、これだけで一晩が過ぎてしまうかもしれない。

女性は男の嘘を見抜くなど朝飯前だから、はなから嘘はつくなと教えておきたかった。飲食店の店員さんに偉そうな態度を取るのは論外。冷えた酒はあとから効いてくるから気をつけろというアドバイスもしておこう。お前はときどき犬食いになるのがみっともないから止めろという指摘も、親にしかできないだろう。

玲司の生活習慣を思うと、運動不足や糖質依存の恐ろしさについても伝えておいたほうが良さそうだった。彼らは寿命百年世代かもしれない。若い頃から正確な知識を身につけておくべきだ。

生活関連で細かなことをいえば、歯周病ケアの大切さや、髭剃りあとの肌のケア、それにいい爪切りについても直志は教えてやることができた。フィルム撮影を知る世代だから、日常的な爪の手入れは必須だった。ポジ整理やフィルムの切り出しのときに爪で傷つけないためだ。爪切りは切れ過ぎてもよくない。思いがけず深爪になってしまうからだ。

だがそうした細々した事どもよりも、万難を排してでも玲司に伝えておかねばならないのは、やはり人付き合いにおける距離感や勘どころだろう。苦手な先輩や上司や取引先にぶつかったとき、どうやってわが身とメンタルを守るか。その戦い方や逃げ方について。あるいは、いい関係性を築きたい相手に巡りあったとき、どうやって繋がりを求めたり維持するか。その接し方やメンテナンスについて。

結論からいえば、「お前は祖父と父の中間でいけ」と伝えたかった。すなわち口先から生まれてきたような山師と、そんな父親を見て育ったがゆえに、必要以上にご機嫌取りをしてこなかったフリーランスの男。それを足して二で割るくらいがちょうどいい。

この結論を玲司に解らせるためには、父と自分の過去について、仔細に語らねばならない。豊富な実例を挙げて話している間、玲司のリアクションは薄く、嫌そうな顔すらするだろう。けれども、めげずに伝える。映像や文字のなかった時代に、洞窟の中で祖先の経験談を語り継いできた原始人のように。

「お前の祖父《じい》さんは、自分の妻から山師と罵《ののし》られるような人だった。とにかく口がうまくてね。そのせいでバブルの頃はたくさん稼いだ。だけどバブルが弾けると、さあっと人が退いていった。父さんはそんな父親を見て育ったから、お前くらいの年齢になる頃にはもう、『心にもないお世辞は口にしないで生きていく』と決めていた気がする。反抗期の影響もあったかもしれない。

だけどカメラマンになってから、そのせいでずいぶん損したような気がするよ。まだお前には分からないと思うけど、世の中には『誰に回してもいい仕事』という種類の仕事が結構たくさんあってね。そんなとき、自分が発注権を持っていたらどうする？　やっぱり自分を気持ちよくしてくれる人間に仕事を振りたいって思うだろ？

誤解しないでくれよ。お世辞を言えば仕事が取れるって言ってるわけじゃないぞ。でもどんな人間にだって、いいところの一つや二つくらいある。それを見つけて、言葉にして伝えるのは、決して悪いことじゃない。むしろ意識的にそうするくらいでちょうどいい。俺も歳を取ってから、そう思うようになったよ。

それは彼女や伴侶や家族に対してもそうだし、友人や仕事先の人間に対してもそうだ。みんな自分のことは、判っているようで判ってないんだよ。だから相手から自分の長所を伝えられたら嬉しいし、お返しに相手の長所を見つけてあげようって気持ちにもなる。そこから人間的な繋がりが生まれて仕事に繋がることもあるんだ。

つまり何が言いたかったかと言うと、きちんと感謝の気持ちや、相手の好きなところを伝えるのは大切だってこと。何気ないコミュニケーションを取り続ける努力っていうのかな。それが積もり積もって目に見えない財産になる。

父さんは口のうますぎる父親を見て育ったから、そのことに気づくのがだいぶ遅れた。本当に後悔してるよ。たった一人との出会いが人生を変えることって結構あるから。でも待ってるばかりじゃそれは訪れない。言わなくても相手に伝わるってこともほとんどない。そこは意識して、自分を変える努力が必要かもしれないな」

こんなふうに語り合えたら理想的だろう。だがこうまでして伝えておきたいことがあるなら、なにも死の三日前まで待たず、いま玲司に伝えておけばいいではないか。それこそ今日にでも事故で亡くなってしまう可能性があるのだから。

だがそれは気が進まなかった。なぜか。ある種の羞恥心や自信のなさに根ざすのか。それとももっと他の何かのせいか。いずれにせよこの気持ちを突き詰めていくと、最後の三日となっても、玲司とこんなふうに語り合うことはないように思えてきた。あったとしても、もっと短い訓示のようになってしまいそうだ。

では結局、自分は最後の三日をどのように過ごすのか。案外、男のようにどうでもいいことで時間を潰すような気がしてきた。街をぶらぶらしたり、家でストリーミング配信の映画を観たり。

人はいざ今際《いまわ》の時となっても、死という取り留めもないものとは、直《じか》に向き合えないように出来ているのかもしれない。それが救いのように感じられることもあれば、咽喉を掻き毟《むし》るようにもどかしく感じられることもある。男はいま、そんな時間を生きているのかもしれない。男にも、本当は己の息子に言い残しておきたいことがあったのだろうか。

いつの間にか第九レースの投票開始がアナウンスされていた。

直志は地蔵のもとへ行き、スマホの電源を入れた。玲司からレース結果一覧が届いていた。本来なら跳びあがって喜びたいところだが、玲司の長文のメッセージが添えられていたので、まずはそれに目を走らせた。

それによれば、夏休みだから高校生の利用申請が多くて、とても待たされたという。面倒な申請のあと、三十年前のスポーツ新聞はマイクロフィルムしかないと言われ、手でぎこぎこ回しながら調べたそうだ。

ようやくレース結果が載ったページを見つけたと思ったら、調べる新聞の日付を間違えていたことに気づき発狂しかけた。そこで気分を落ち着かせるために館内の喫茶店へ赴くところがマイペースな息子らしかった。

玲司は餡バタートーストを食べてモチベーションを復活させると、席に戻って調べ直した。どうにか欲しいページに辿り着き、レース結果を写メに撮ろうとしたら、撮影禁止だから手書きにしろと怒られて〈まじ最悪〉だったそうだ。怒られ慣れていない玲司にはキツかったのだろう。

メッセージの末尾には〈死ぬほど面倒くさかったのでプラス千円ちょうだい〉と記されてい

た。四百八十円の餡バタートーストについても〈当然、経費で認められるよね？〉とあった。要はこの二つが言いたくて、くだくだ経緯を書き送ってきたのだ。

いささか甘すぎる気はしたが、直志はどちらも認めると返信した。そして急いで場内へ戻った。玲司によれば第九レースは６－４で決まり、第十レースは１－２で決まるそうだ。

第九レースのオッズを確認すると６－４は六・五倍ほどだった。手持ちの千八百円をこれに投じても、一万二千円にもならない。第十レースのオッズはまだ分からなかった。玲司に配当金までメモして送って貰えばよかったと後悔したが、仮に十倍だとしたら、雪だるま式で買ってもトータルで十二万円たらずの勝ちで終わってしまう。その程度の額で歴史を変えるリスクを背負うべきだろうか？

投票締め切り二分前を告げるアナウンスがあった。これくらいの儲けではリスクは負えないと直志は結論した。となると、やはりあの男に原資を借りるほかないのか。玲司にここまでして貰ったのだから、そうするべきだろう。借りるは一瞬の恥、借りぬは一生の後悔。そんな心の声が大きくなってきたとき、

「なにうんうん唸ってるの？」

と男が冷やかすように声を掛けてきた。飛んで火に入る夏の虫どころか、直志には男が金主《きんしゅ》のようにしか見えなかった。

「あの地蔵に手を合わせに行ったら、買い目のお告げがあったんです。それを買ってみようか

なと思ったんですが、手持ちがあまりなくて……」

「わははは、お告げか。ちなみに買い目は？」

「九レースが６‐４で、十レースが１‐２です」

「６‐４は六・五倍か。いくら買おうと思ったの？」

「あればあるだけ」

「ふーん。ま、俺が少しくらい回してやってもいいけど」

男が尻ポケットに手を回した。これはいい展開になったと思ったら、「あれ、ない！」と男が叫んだ。「やられた！　財布すられた！」

あまりに絶妙なタイミングだったので、金を貸すのが嫌で演技しているかのように見えた。むろん男にそんな芝居をする必要はない。本当に落としたか、すられたかしたのだろう。

「おい、冗談だろ」

男は青ざめた顔であたりを窺った。ズボンのポケットをすべて検めたが、出てきたのは第九レースの車券だけだった。

「まずいな。これが外れたら、俺の方こそスッカラカンじゃねぇか。誰かにガソリン代を借りないと家に帰れないよ」

「キャッシュカードも一緒に入れてあったんですか」

男が顔をしかめて頷いた。男はこのあと、どうやって家に帰ったのだろう。まさかすでに歴史が変わってしまった訳ではあるまいが……。

第九レースは玲司の報告どおりに決まった。男が直志の肩をつかんで揺すってきた。

「おい、ほんとに６－４じゃねぇか！」

男は悔しそうだったが、直志は却ってさばさばした気持ちだった。財布を失くすなど、人生でそう何度もあることではない。それがこのタイミングで男を襲ったことに、なにかしら宿縁めいたものを感じた。自分は決して大金を得られないように出来ていたのだ。そう思えば諦めもつく。

男は落とし物がなかったか聞いてくると言って立ち去った。だが競輪場で金目のものを落としたら絶望的だろう。噴火口に財布を投じた方が、まだしも奪還の余地がありそうなものだ。

すると聞き覚えのある声に話し掛けられた。

「おい。これ、おめぇの連れの物だろ」

赤茶けたポロシャツを着た老人が、使いこまれた黒革の長財布を持って立っていた。

「さっき、落とすのを見たんだよ」

老人はそれだけ言うと、直志に財布を預けて身を翻《ひるがえ》した。呆気に取られ、ぽかんと後ろ姿を見送っていたら、男が戻ってきて「あっ、これこれ！」と引ったくるように財布を奪った。

「どこにあったの？」

「あの老人が届けてくれたんです」

「どの人？」

「あの赤茶けたポロシャツの老人です」と直志は雑踏の中に紛れてゆく老人を指した。

「どれだよ。よく見えねぇよ」

見えないはずがなかった。くすんだ色を着たばかりの客の中で赤はよく目立つからだ。男は糖尿病からくる白内障か何かで視力が怪しくなっているのかもしれない。だとしたらあの事故は弱視のせいか。

「ほら、あの頭がもしゃもしゃの老人ですってば。赤シャツの」

男は「わからん」と吐き捨て、そんなことよりも一大事は財布の中身だと言わんばかりに中を確かめた。そして概《おおむ》ね元通りのようだと判断すると、途端に声を和らげて、「いやー、助かったよ」と、命からがらという風に言った。

「届けてくれた人、わかるの？」

「ええ、まあ」と直志は曖昧に頷いた。

「だったらこれを渡しといてよ」

直志は差し出された一万円札を受け取った。謝礼に歓喜する老人の顔が浮かんだ。そもそも老人が財布を届けに来たことが驚きだった。玲司に訓示を述べる機会があったら口を酸っぱくして付け加えておこう。くれぐれも人を見た目で判断するな、と。

第十レースの投票が始まった。オッズを見に行くと1－2は十六倍ほどだった。仮に男に十万円借りられれば百六十万円になる。むろん直志にとっては大金だ。だが今は毒気を抜かれたみたいに食指が動かなかった。

その程度のカネを持ち帰ったところで、何になる——。妙に醒めた目で自分を見つめるもう一人の自分がいた。もちろん頭では「それでも買った方が幾らかマシだ」と理解していた。手持ちの千八百円だけでも賭けて、せめて玲司のギャラと経費を確保しようと思わないでもなかった。こちらの世界での滞在費に当ててもいい。だが気乗りがしなかった。先ほど機会を逸した時に失われたモチベーションが戻らない。

この程度のことで歴史を改変してしまうリスクもやはり背負いたくなかった。先ほど男はカネを貸してくれそうな素ぶりを見せた。だから滞在費については後で頭を下げて借りればいいだろう。断られたら、その時はその時だ。

金網の前に戻った。男は銭湯屋と金物屋を相手に、財布を落とした一幕を身ぶり手ぶりを交え、面白おかしく語っていた。金物屋は小狡そうな目の奥に、どこか小馬鹿にしたような色を浮かべて聞いていた。銭湯屋の表情はぶ厚い贅肉に守られ、例によって感情の動きが読み取りづらかった。

いよいよ最終の第十レースが始まった。直志は他の三人と金網の前でレースを見守った。玲司の報告どおり1－2で決まったが、惜しいという気持ちはほとんど湧いてこなかった。むしろそんな自分をどこか誇らしく感じたくらいだった。大河の一滴を掬《すく》わなかったことで、世界を救ったとでも思っておけばいい。

一党の中で獲った者はいないらしかった。それでも男は「昨晩の店に繰り出しますか」と一同を誘った。「またご馳走になっちゃっていいんですか」と抜け目なく念押ししたのは金物屋だ。男が頷くと「それなら今日は車をうちに置いてから行きます」と帰っていった。銭湯屋も家でちょっとした用事を片付けてから合流すると告げた。

「それじゃ俺たちは、温泉にでも浸かってから行こうか。せっかく伊東にいるんだし」と男に誘われた。直志が諾《うべな》うと、それならいい湯があると銭湯屋が教えてくれた。地元の人間だけが知っている露天風呂で、タクシーに乗って「駒の湯」と告げれば連れて行ってくれるという。

その場でいったん解散となった。二人きりになると、男が「ちょっとどっかで待ってて」と言った。トイレにでも行くのだろう。五分後にタクシー乗り場で待ち合わせる約束をして、直志は地蔵のもとへ向かった。玲司から何かメッセージが入っているかもしれない。地蔵の前でスマホを開くとやはり届いていた。

〈そろそろ家に着く。今日も泊まるんでしょ？　チャーハンなくなったから頼んどいて〉

おいおい、無茶いうなよ、そんなことできる訳――と思ったところで、できることに気がついた。宅配アプリがあるではないか。スーパーで買うより高くついてしまうが、電波さえ繋がれば三十年前の世界からでも注文できる。便利な世の中になったものだと感謝した。

ところが何度やっても注文は完了しなかった。嘘だろ、なんでだよ、とつぶやきながら何度も注文ボタンを押した。そのたびに決済に失敗したと表示される。しばらく原因について考えたあと、がくっと項垂れた。とうとうクレジットカードが止められたのだ。

いくら今日、二ヶ月ぶりの外出を果たしたとはいえ、いまの玲司に出前や外食を強いるのは酷だろう。お小遣いだってそんなには残っていないはずだ。直志は素早く冷蔵庫の中に思いを馳せた。玲司に食べられそうなものはあるか？

〈ごめん、チャーハン頼めなかった。冷凍庫に冷凍ご飯があるから、それをチンして、卵をかけて醬油で食べてくれる？〉

〈えっ、卵がけご飯とか気持ち悪くて無理なんだけど〉

〈でも、それくらいしか冷蔵庫にないだろう〉

〈なんで頼めないの？〉

〈なんか、カードの調子がおかしくて……。悪いけどチャレンジしてみてくれ。案外いけるかもしれないし〉

〈もういい〉

例の四文字で、やり取りは打ち切られた。本当にあと一日で自分は帰れるのだろうか。もし帰れなければ――と不安を募らせていたら、どこからともなく老人が現れた。

「財布、ちゃんと返したか？」

直志は返しましたよと答え、男から預かっていた謝礼を差し出した。老人は小躍りして喜ぶかと思ったら、驚いたことに、受け取りを拒否した。

「こういうのを貰うと、あとあと面倒だからな」

言っている意味がわからなかった。受け取っておいたらどうですかと勧めたが、やはり老人は首を横に振った。地蔵のお供え物を平気で失敬する人間が、当然の権利ともいうべき謝礼を拒絶するのはおかしい。世間とズレたところで生きている人の独特の価値観か何かだろうか。

不思議な思いを抱いたまま、タクシー乗り場へ向かった。男がこちらへ来るのが見える。滞在費を借りねばならなかった。苦い気持ちを押し殺しながら、胸中で無心の台詞を練った。

「あの老人は謝礼が要らないそうです。心苦しいのですが、この一万円をそのまま私に貸してくれませんか」いまのところ返す当てがないのは心苦しいが、背に腹は代えられない。

男が目の前まで来た。切り出しかけたとき、男が「はい、コーチ代」と札束を差し出してきた。十万はありそうだった。

「なんですかこれ」と直志は尋ねた。

「最終の1－2、一点買いで獲らせてもらったよ。やっぱり今日はワタナベさんが持ってるような気がしたんだよね。言っただろ。ビギナーズラックは馬鹿にならないって」

男はニヤリと笑い、ポケットから百万円の帯封《おびふう》を取り出した。迂闊《うかつ》だった。勝ち馬に乗るという男の〝必勝法〟を忘れていた。第九レースを一点予想で当ててみせた直志を、男が放っておくはずもなかったのだ。

「財布を失くしたと思ったら、手つかずで出てきて、これだもんな」

男は笑いが止まらぬという風に、もう一つのポケットからも百万円の帯封を取り出した。

「い、いくら勝ったんですか」

震えそうになる声で尋ねた。せっかく直志が自制したというのに、これでバタフライ・エフェクトが発動してしまうかもしれない。

「二百万ちょい。大穴を獲ったくせに、金物屋がダンマリを決め込んだから、俺もあいつらには教えてやらねぇんだ」

男は大口を開けて高笑いした。

18

タクシーの中で、あれは本当にお告げだったのかと男にしつこく訊かれた。その通りだ、と直志は正直に答えた。男は怪しむふうであったが、嘘はついてない。あちらの世界には未来が正確に記されたスポーツ新聞の縮刷版という聖典があり、直志は神のお告げとしてそれを聞くことができたのだ。神の使いは甚だ心許ない十六歳の少年ではあったけれど。

そのおかげで、男が伊東競輪から二百万を抜いてしまった。直志自身も十万のコーチ代を受け取った。滞在費として確保しておくのが次善の策と思えたからだ。

これで未来が変わってしまうかもしれない。こんな冴えない未来なら、いっそ変わってしまえと思わなくもなかった。だがそれは身勝手が過ぎるだろう。自分のせいで第三次世界大戦が起きたり、妻や玲司と出会えなくなる未来は受け入れ難い。とはいえ、いまさら男に事情を説明して返してこいと言っても承服しまい。いまはこの二百万が大河の一滴であることを祈るほかなかった。

タクシーは緩やかな山道を進んだ。やがて運転手はギアを入れ替え、目いっぱいにアクセルを踏んだ。目の前に壁のように急峻な坂道が現れたのだ。いささか馬力不足に思えるエンジンが唸りをあげ、どうにか直志たちを山の上まで運びあげてくれた。

「着きました」

こぢんまりした旅館のような建物だった。運転手によれば、昔は旅館営業をしていたが、今は日帰りの入浴客だけを受け付けているという。

入り口で金を払い、脱衣所で服を脱いで露天に出ると、山の木々の向こうに海がぽかりと浮かんでいた。ちょうど陽が傾きはじめる時刻で、海は穏やかに凪いで暖色を受け容れつつあった。まるで額縁に囲われたような景色に、二人は嘆息を漏らした。他に客はなかった。

ぬるめの湯は無色透明で肌あたりが良く、それでいて、しっかりと温泉の風合いを感じ取ることができた。湯の中で手足を伸ばすと、気持ちまでが伸び伸びとしてきた。さすがは銭湯業を生業《なりわい》とする人間が勧める湯だけのことはある。

男も心地よさそうに肩まで浸かっていた。そして遠くに目をやり、「海はいいよなぁ」と沁みじみと言った。それを聞いて直志は、ひょっとしたらこの人は海の見納めのつもりで、この地を出奔先に選んだのではないかと思った。

伊東には父が生涯にわたって愛した三つのものが揃っていた。海とギャンブルと酒である。神奈川生まれで運転が大好きだった父にとって、伊東のある伊豆方面は自分の庭のような行楽地だった。直志も幼い頃はしばしば連れて来られたものだ。

ふと、訊いてみたくなって尋ねた。

「時岡さんの息子は、どんなタイプなんですか」

男は顔に湯をぱしゃんと掛けながら、「優しい奴だよ。すこし頑固だけど」と即答した。それが十六年間、直志を近くで見てきた人物の評価だった。納得できるようでもあり、いささか違うと言い募りたいようでもあった。人は幾つになっても、この手のことに関しては、親に対して忸怩《じくじ》たる思いを抱くものであるらしい。玲司も直志に対して同じような思いを抱いているのか。おそらく抱いているのだろう。父親は自分のことを十全には理解してくれていない、と。〈もういい〉という四文字には、その諦念が込められているのかもしれない。

「でも、ちょっとは問題を起こしたでしょう？」と直志は尋ねた。

「だれが？　息子が？　そりゃガキの頃は遊んでる最中にご近所さんの窓ガラスを割って、俺が菓子折りを持って謝りに行ったこともあったけど。でも、その程度のもんだ。俺に比べたら可愛いもんだよ」

直志は思わず吹き出しそうになった。その通りだった。男が自分の両親に迷惑を掛けどおしだったことは、もはや時岡家の〝伝説〟になっていた。

日産工場の職工だった直志の祖父は、裕福ではなかった。だが同僚たちが次々と社割で日産車を買うので、自分も買うことにした。しかし祖父は免許を持っていなかった。もう自身は五十歳近くになり、教習所に通う根気も暇もない。小学校もろくに出ていなかったから、筆記試験に受かる自信もない。そこで祖父は当時十六歳だった息子、すなわち直志の父に免許を取らせることにした。当時はその年齢で免許が取れたのだ。

父は免許を取った後、ブルーバードを買い与えられて大喜びした。アメリカでケネディ大統領が暗殺された年に、高校のそばの畦《あぜ》道に車を停めて授業に通っていたというのだから、立派なドラ息子である。そしてあるとき父はブルーバードの助手席にガールフレンドを乗せて大事故を起こした。彼女は顔に一生残る傷を負った。祖父は多額の賠償金を支払うために親戚じゅうに頭を下げて借金した。その過程で真剣に一家心中を考えたという。

祖父母が父の事業の運転資金を用立てたことも一度や二度ではなかったと母から聞かされた。祖父母にとって父は唯一の男児だったから、猫可愛がりされて育ったのだ。父の方でも両親に愛を注いだ。どちらかが入院すると専門の看護人を雇い、よくしてもらいたいがために清掃夫にまでチップを弾んだそうだ。

「ワタナベさんとこの息子は、家から出ないって言ってたけど、さぞかし頑張ってきたんだろうね」

「誰がですか」

直志は尋ねつつも、褒められる心の準備をした。男に労をねぎらわれても喜ぶまいと思った。ところが男は「息子さんだよ」と分かりきったことのように言った。

「息子が？　どうしてですか？」

「俺、ずっと気になってたんだ。息子さん、『疲れた』って言ってたんでしょ。どういうことなのかなって。だって十六歳といえば、楽しい盛りじゃん」

たしかに男の言う通りかもしれなかった。直志の父は十六歳でブルーバードを買い与えられた。直志は十六歳でライカのM６を買い与えられた。十六歳という年齢は、世界を拡げるガジェットを手に入れるのにふさわしい年齢なのかもしれない。それなのに玲司はゲーミングマウスの一つも買ってもらえず、リアルな世界には一人の友もなく、家に閉じこもっている。

「そこで俺なりに解釈するとこうなる。息子さんはお母さんを亡くして悲しかった。辛かった。だけど同じように辛い父ちゃんに迷惑かけちゃいけないと思って、ずっと堪えてきたんだ。あれこれ手を焼かせない、いい子だったんじゃない？」

「まあ、そんな感じです。とてもマイペースな優しい子でした」

「だったら尚更だね。考えてもみなよ。気持ちの優しい男の子が、悲しいことをぐっと堪えて生きるって、それだけで大変なことじゃん。それで疲れちゃったんだよ。いわば電池切れだな。だから今は充電中で、それが終わればまた元気になると思うよ」

「なりますかね」

「なるさ。そういうもんだろ、男の子って。心配ないよ」

直志は湯に持ち上げられたように、ふわりと心が軽くなった。男は同じ十六歳の息子を持つ、同じ四十六歳の父親の誼《よし》みでアドバイスをくれたらしかった。玲司の「疲れた」という言葉をあれこれ詮索せず、額面通りに受け取れと。

その助言は、地中の成分を豊富に含んだ温泉の湯が体の芯までほぐしてくれるように、直志の心に沁み渡った。男の言ったことがその場かぎりの綺麗事とは思えなかった。口のうまい男に対する不信感や嫌悪感も、今はごく自然と影を潜めていた。これも山の湯の恩恵だろうか、と直志は手で湯を掬った。

二人は湯船を出て、洗い場に並んで腰をおろした。男が石鹸を泡だてながら「それにしても、奥さん大変だったね。どんな人だったの」と尋ねてきた。

「料理研究家でした」

「それじゃワタナベさんは旨いもんばっかり食ってきたわけだ」

「それはもう」

「こりゃ惚気《のろけ》られちゃったな」

妻は明るくて気配りのできる性格だった。料理研究家として少しばかり名が知られ始めた頃、不幸に見舞われた。あのとき直志は己の魂も半ば持っていかれたように感じた。火葬場で妻の遺骨の欠片《かけら》を二つポケットにおさめ、玲司と一つずつ遺骨ペンダントを作った。それをずっとランドセルや通学用バッグにつけている玲司の姿を見るたびに胸が締めつけられた。

もし父に妻を紹介できたら、きっと気に入ってくれただろう。二人をいちど引き合わせてみたかった――そう思ったことが、自分でも意外だった。妻と結婚する時も、した後も、あんな山師のような父親を見せずに済んで良かったと思ったことこそあれ、紹介したいと思ったことは一度もなかったからだ。

男が立ち上がって、体を洗い始めた。直志の目の前に男の一物が現れた。俺よりワンサイズ小さいな、ということは直志にとって一つの発見だった。父と最後に一緒に風呂に入ったのはいつのことだったたか。

「今日は個タクの人の世話を焼いてあげて、時岡さんは面倒見がいいなと思いましたよ」

直志も石鹸を泡だてながら言った。男は手を止めて「ああ、あれな」とニヤリとした。

「実はあのクラウンは、もっと高く売れるんだ。業者《あいつ》は五、六十万で転売するんじゃないかな。儲けは折半だぞって言ってある」

直志はぽかんと口を開けてしまった。あのやり取りが、すべて芝居だったと言うのか？

「まあ、知らぬが仏だよ。運ちゃんはゼロ査定が二十三万五千円になって嬉しい。業者も十万以上の日当になって嬉しい。俺も紹介料が入って嬉しい。みんなハッピーじゃないか」

　直志はむかし観た詐欺映画の台詞を思い出した。「数字は嘘をつかないが、嘘つきは数字を使う」というものだ。二人のやり取りはどこまでが台本どおりだったのか。素人芝居にしては真に迫っていたと思うと、徐々に笑いが込み上げてきた。

「おかしいかい?」

　男がどこか得意げに尋ねてきた。

「ええ。なかなかの役者でしたよ」

　男は褒められたとでも思ったか、調子づいた様子で言った。

「俺が乗ってるインフィニティも、実は業者《あいつ》から原価で買い取ったものなんだ。今は宿に置いてあるけどね」

　懐かしい名前だった。インフィニティは、国産車なら日産しか乗らなかった父の最後の愛車である。たしか当時の日産の最高級車だったはずだ。

「やっぱりメーターを巻き戻したものなんですか」

　直志が尋ねると、男は少し決まり悪そうに頷いた。あのインフィニティが偽装をこらしたものだとは知らなかった。だがカネはなくとも見栄は張りたい男にはふさわしい〝高級車〟のように思えてきた。愛車まで含めて虚飾まみれだった男のありように、今はなぜか親しみを覚えた。

その愛車も今から三日後に天に召される。男もろとも横横の側壁に衝突して鉄くず工場にでも引き取られるのだ。

男は同じく三日後に灰燼《かいじん》に帰す体を、ごしごしと泡だてながら洗っていた。〝おのれ〟というものが詰まった容れ物を、最期まで清潔に保とうとすること。見ようによっては、それこそが人間らしい営みの一つのようにも思えてきた。人は生きている間、自分の体を精いっぱい清潔に保つべきなのだ。

「お背中、流しましょうか?」

直志は餞別《せんべつ》でも贈るような気持ちで男に尋ねた。

「お、いいね。頼むよ」

直志は後ろに回った。あれ、親父の背中ってこんなに小さかったっけ、と首をかしげた。ユージン・スミスが撮った幼い兄妹の背中には、小さいけれど力強い生命力が宿っていた。だが男の背中は何かしら衰弱の兆しが見て取れる気がした。

直志は草臥《くたび》れた俎板《まないた》のような背中を擦り始めた。男がこの小さな背中でたくさんの嘘をついてきたこと。たくさんの借金を背負ってきたこと。たくさんの人を遣りきれない気持ちにさせてきたこと。そんなことが頻《しき》りに思われた。その汚れを少しでも洗い流そうと、力を込めて擦った。男がこの小さな背中でたくさんの稼ぎをあげたこと。何人かの人に救いの手を差し伸べたこと。何人かの人を笑顔にしたこと。そんなことにも思いを馳せた。

いやぁ、気持ちいいね。

男が晴ればれとした声で言った。直志は目が潤みそうになった。思いがけなかった。洗い終えると、仕上げに新鮮な湯を何杯か掛けた。四十六年の垢と業《ごう》にまみれた背中が、少しだけ息を吹き返したように見えた。

19

そのカメラ、高いんだっけと男に尋ねられたのは、受付でタクシーを呼んでもらい、到着を待っている間だった。高いですと答えると、男は幾らかと訊いてきた。

「ボディが三十万で、レンズが二十万くらいです」

「ほんとに高ぇんだな」

「これでも買いやすくなったそうですよ。うちの師匠に言わせると、戦前は『ライカ一台で家一軒』と言われたそうですから」

「家かよ。車一台なら分からなくもないけど」

話題が大山に及んだことで、直志は宿題の存在を思い出した。カメラマンとして自分にいちばん足りなかったものは何か。揺るぎない信念である、というところまでは分かった。ではどのような信念を持てば良かったのか。それについては五里霧中のままだった。来週、大山邸を再訪するまでに答えが見つかるだろうか。というよりも、それまでにあちらの世界へ戻れるのか。

「実は今朝、こいつで作品を撮りながら考えていたんです」直志はライカのボディを撫でなが

ら言った。「いい写真の条件ってなんだろうって。ほら、昨晩、時岡さんに訊かれた質問です」

そんなこと聞いたっけ、と男は宙を見つめた。そのあと答えは見つかったのかと尋ねてきた。

直志は首を横に振った。

「三十年もやってるのに、お恥ずかしい限りです」

戯《おど》けた口調で言ったが、男は直志の明るさに同調しなかった。それどころか窺うような目つきで「商売は順調なの？」と尋ねてきた。売れっ子カメラマンがこんな所でのんびり旅打ちしている訳がないとでも思われたのだろう。

ここで虚勢を張っても仕方あるまいと思った。直志は笑顔を消し、駄目です、とつぶやくように言った。男はその一言でおおむね察したらしかった。多くは訊いてこなかった。そしてタクシーへ乗り込むと言った。

だったら明日、大室山《おおむろやま》へ行かないか、と。

またしても男の口から懐かしい名前が出た。なぜそこへ行く必要があるのか尋ねた。男は自分のアイデアに満足しているらしい様子で答えた。

「子供が小さい頃、よく行った場所なんだ。絶景だよ。カメラマンがあそこへ行けば、絶対に

何かいいヒントが浮かぶと思う。保証する。行こうよ」

大室山から見渡す景色はたしかに素晴らしかった記憶がある。だがそれはいかにも観光地然とした絶景であり、プロのカメラマンを刺激するようなものではなかった。それに直志が抱えた問題は、その程度でどうにかなるものではない。けれども男なりにこちらを慮《おもんぱか》っての提案かと思うと、無下にも扱いづらかった。

「運転手さん。競輪場から大室山までは三十分くらいだよね」

男の質問に、運転手はちょうどそのくらいですと答えた。

「だったら明日の午前中に、俺の車でパッと行っちゃおうよ。決勝レースには充分間に合うから」

直志の胸裏に、大室山のおおらかな山容が広がった。男の言うとおり、子供のころは毎夏のように伊豆を訪れた。そして行けば必ず大室山に登った。リフトに乗れるのが何より楽しみだった。直志は懐かしさに絆《ほだ》されるように、行きましょうと男に告げた。どうせ明日のスケジュールは空っぽなのだ。そうこなくっちゃ、と男が白い歯をこぼした。

やがて店に着いた。入り口付近のボックス席に、やんちゃそうな若者たちのグループがいた。茶髪で派手なアクセサリーをつけている。こんな若者たちもこの店を使うのかと、直志は三十年前の地方スナック文化の懐の広さに感じ入った。

銭湯屋と金物屋はすでに到着して、先に始めていた。男はそこに合流するなり、カウンターの中にいるママに大声で告げた。

「今日はみなさんにお好きなボトルを一本ずつ奢るよ。オーダーを取ってあげて」

店内はお祭り騒ぎのようになった。あちこちでボトルが開栓され、そのたびに男へ謝辞が飛ぶ。ママも「お酒足りるかしら。酒屋さんに持ってきて貰わなくちゃ」と大張り切りの様子だ。入り口付近の若者たちからも声が掛かった。「社長、ボトルありがとうございます!」

男は鷹揚《おうよう》に手をあげて応じた。「おう。若いんだから、じゃんじゃん飲めよ。足りなかったらもう一本入れてもいいから。お前らも一期一会を大切にしろ」

直志は一期一会という言葉が、ここまで軽々《けいけい》とした扱いを受けていることに、男の人生の一断面を見るような気がした。たしかに男は人間が好きだった。人との繋がりを重んじ、時には人との出会いに感激さえした。だがその一方で当の相手を謀《たばか》り、商売の標的《ターゲット》にすることも厭《いと》わなかった。

底が抜けたような善人ぶりと、人をあっさり陥れる小悪党ぶり。男はこの二つを明滅させながら生きてきた。どちらが本性かと問うのは、両生類に水陸どちらが本籍地かと尋ねるようなものだろう。答えは本人にも分からないのかもしれない。どちらもあるから生きて来られたのだ。

直志は嫌で仕方なかった男のそうした側面を、いまは幾ぶん柔らかな気持ちで受け止めることができた。あの草臥れた小さな背中を見てしまったせいだろうか。自分がこの歳になるまで男が長生きしていたら、こんな距離感で接することができたかもしれない。老いた父と酒を酌み交わす姿を想像して口辺に微笑が浮かんだ。

酒屋から静岡の銘酒だという一升瓶が届いた。皆に一杯ずつ振る舞われ、直志にもグラスが回ってきた。口当たりが良く、つい、すいすいと飲んでしまった。それまで水割りしか口にしていなかったから、酒をちゃんぽんにしたことで酔いが一気にまわった。

昨晩にも増して賑やかな宴となったところで、銭湯屋が中座を告げにきた。これから湯殿の掃除があるので帰らねばならないと言う。まだいいだろ、と男が呂律《ろれつ》の怪しくなってきた口調で引き留めた。銭湯屋は取り合わなかった。「ご馳走さまでした。またあした競輪場で」と告げるなり、思わぬ機敏さで巨体をくるりと翻して立ち去った。見事な去り際だった。

直志の懐には十万円があった。かりに明日までの滞在費とするなら充分すぎる。これで後顧の憂いはなくなった。残されたミッションといえば、事故の真相について聞き出すことだ。完全に酔っ払う前に取り掛からねばと思ったとき、一人の男が店に入ってきた。昨晩の角刈りだった。

角刈りは店内のどんちゃん騒ぎに一瞬、たじろいだように見えた。店の奥に男の姿を認めると、理由を察したように顔をしかめた。男の方でもその表情を見逃さなかったらしい。隣に座っていた女の子に告げた。

「おい、あいつにもボトルを奢ってやると言ってこい」

女の子は薄氷が張りついたように表情を失くした。

「もういいじゃないですか、時岡さん」直志は取りなすように言った。「皆さんには充分に奢ったんだし。それにあのお客さんは昨晩も、ほら……」

「お前は黙ってろ」

男の人格はいつのまにかB面に切り替わっていたらしかった。女の子はやむをえず角刈りのもとへ行き、戻ってきて告げた。

「あの、要らないそうです……」

すると男は店内に響き渡るような声で言った。

「野暮な奴だな。恵まれるのが嫌なら、受け取っておいてお返しに一杯よこせばいいじゃないか。ま、田舎もんにそんな粋な真似は無理か」

やめろ、このバカ親父、と思ったがあとの祭りだった。角刈りが席を立ち「表に出ろ」と凄んできた。これだけ大勢の前で面目を潰されては、こう出ざるを得なかったのだろう。昨晩、男から捨て台詞を吐かれたフラストレーションもあったに違いない。角刈りには場馴れした者の荒《すさ》んだ迫力があった。

「なんでお前なんかと表に出なくちゃいけねぇんだよ」

男は座ったまま角刈りを睨《ね》めあげた。直志は宥《なだ》めようと割って入ったが、両者から無視された。

「逃げるなよ」

角刈りはそう告げて店を出て行った。男はすばやく手洗いに立ち、戻ってくるなり直志に耳打ちした。「トイレの棚の奥に二百万を隠してきた。俺に何かあったら確保してくれ」

やがて角刈りが二人の男を連れて戻ってきた。金物屋が「あっ、地元のヤクザです」と囁《ささや》きながら立ち上がった。そしてヤクザにぺこぺこ愛想笑いしながら、ネズミのような素早さで店を出て行った。徹底した処世術にはある意味で感心せざるを得なかった。

兄貴分らしき方が、外に出ろと顎をしゃくった。男は観念したように席を立った。お前もだよ、と直志は角刈りに告げられた。先ほど取りなそうとしたことで、一味と見なされたらしい。

男は店の外に出るなり、勢いよく土下座した。

「すいません、飲み過ぎました！　もう来ませんから勘弁してください！」

男が下から直志のズボンを引っぱってきた。

「なにやってる。お前も謝れ」

直志は訳も分からないまま一緒に土下座させられた。膝に泥がつき、手のひらに小石が食い込んだ。せっかく温泉に浸かってきたのにと思うと無念だった。男はズボンのポケットから数枚の一万円札を取り出した。

「これで勘弁してください」

「足りねぇよ。全部出せ」

男はもう片方のポケットに手を突っ込み、「これで全部です」と皺くちゃになった札を二枚追加した。どうやら全ての金をトイレに隠してきた訳ではないらしい。こうして免罪料を払うと見越した上でのことなら妙な経験値だ。

「みっともねぇマネするなら、初めからイキがんな」

はい、すいませんでしたと言って、男はふたたび地面に額をこすりつけた。直志の鼻先にもアスファルトの冷たい匂いがした。一緒に頭を下げさせられたのだ。自分はこんな所で何をやっているのだろう。なぜ三十年前の伊東の夜の街で土下座させられているのか。

舌打ちしたあと、ヤクザが男の手元に唾を吐いた。その飛沫が直志の手に掛かった。ほとんど生理的ともいえる嫌悪感が込み上げてきた。

「二度と来んなよ」

そう言い残して、ヤクザは角刈りともども立ち去った。一刻も早く手を洗いたくて頭を上げたら、男に首根っこを押さえられた。

「まだだ。あいつらが見えなくなるまでこうしてろ」

またもやアスファルトの匂いを嗅いだ。そのくせ先に立ち上がったのは男だった。一行が角を曲がって見えなくなると、膝のホコリを払いながら「ふん、田舎ヤクザどもが」と吐き捨てるように言った。

「こういうのは先手必勝なんだよ。あんな奴らと関わって怪我するのは損だからな。顔を立てたふりして追い払えばいいんだ。どうせちんけなチンピラどもなんだから」

　直志は十二歳の時の伊勢佐木町のナイトクラブでの出来事を思い出した。みんなの突き刺すような視線。蕎麦アレルギーの女の子の「サイテーだな、こいつ」というつぶやき。あのときは子供だったから言えなかった。だが、今なら言える。

「時岡さん。酔って気が大きくなって、ああいう発言をするのは本当にみっともないですよ。どうして自分を下げていることに気づかないんですか。あなたは酒のせいでどれだけ損してきたんですか」

「お前、俺にそんなこと言うのかよ」

　男が飼い犬に手を噛まれたとでも言わんばかりに詰め寄ってきた。だが直志は今頃になって、人生で初めて土下座させられた怒りが沸々《ふつふつ》と込み上げていた。

「ええ。もっと言ってあげましょうか。あなた、本当はお金に困ってませんか。このご時世、不動産業は厳しいでしょう。本当は会社も傾いて、自宅も競売で取られそうになってるんじゃありませんか。だったらあの金は家族のために持ち帰ったらどうです。どうしてそんなふうに浪費してしまうんです。自分さえ良ければいいんですか。夫失格、父親失格ですね」

　男は真実を衝かれたことに驚きを浮かべつつも、カメラマン風情が偉そうなこと抜かしやがって、と胸ぐらを摑んできた。直志の体は、びくともしなかった。まるで子供のように弱い男の膂力《りょりょく》が侘しかった。

あなたもお酒にさえ飲まれなければ……。男に胸ぐらを預けたまま、直志は言葉を詰まらせた。この男も酒さえ飲まなければ、もっと違った人生があっただろう。三日後に死なずに済んだかもしれない。それを思うと胸が潰れそうになった。

男がなおも詰め寄ってきた。仕方なく押し返すと、いとも簡単に地面に倒れた。あまりにあっさり転げたので、やはり子供を虐《いじ》めているような罪悪感を覚えた。男はなかなか起き上がれなかった。地面に這いつくばる男を見ていると、泣きたいような気持ちになってきた。どうしてこの人はこんな風にしか生きられないのだろう。何がこの男をそうさせるのか。旅先で酒を飲んで、いい気になって、一敗地に塗《まみ》れるなんて、こんな愚かしいことはない。怒り。悲しみ。憤り。無念。胸中に渦巻く黒ぐろとした気持ちをひと固まりに圧縮して、直志は吐き捨てるように言った。

「お前なんか高速の壁にぶつかって、死んじまえばいいんだよ」

男をその場に残し、ホテルへ戻った。もう顔馴染みになった夜勤のフロントマンが待ちかねていたように言った。

「時岡さま。やはり十六時十五分頃に電話があったそうです」

メモが読みあげられた。

〈明日で最後だ〉

日勤のフロントマンは名前などを聞き出そうとしたが、すぐに切られてしまったそうだ。

この伝言の主は誰か。本当に明日でこの旅は終わりになるのか。どうやってあちらの世界へ帰して貰えるのか。さまざまな疑問が浮かんだ。だが今日も色々なことがあり過ぎて、これらのことにうまく思いを馳せることができないほど疲れていた。

20

翌朝、目覚めた後も、男を押し倒した時の感触がまだ両手に残っていた。男が木っ葉のように軽かったことが、直志をいっそう遣り切れない気持ちにさせた。

その気持ちを振り払うように、気合いを入れてベッドから起き上がった。ライカを肩にかけて部屋を出る。昨晩のフロントマンに鍵を預けて延泊の申し出をすると「もし今日もご伝言があったら?」と訊かれた。お願いしますと直志は答えた。それだけで通じ合うことができた。

〈1993年　8月23日〉

ロビーの新聞の日付は、今日が男の命日の二日前であることを告げていた。

太陽は雲に隠れていた。川沿いの遊歩道は秋のように涼しく、体もこの気候に馴れてきているようだった。気候のことだけでいえば、あちらの世界には戻りたくなかった。炎天下でのゴミ収集作業を思い出すだけで気分が悪くなりそうだ。

遊歩道を歩きながら、あの伝言の主は誰なのかと考えた。ヒントは二つあった。あの宿に直志が泊まっていることを知っている男性で、連絡があったのは両日とも夕方過ぎということだ。だがこの連立方程式はなかなか解けなかった。もし伝言の主があの謎の声の主と同一人物なら、超現実的な現象にあたる。それなら真っ当な式を立てて挑んでも意味はないかもしれない。

神社が見えてきた。自分が頭を打った石段をまた検分したあと、本殿で手を合わせた。

――本当に今日でこの旅は終わるんですね？

胸中で尋ねて、耳を澄ませた。応答はなかった。

そのあと地蔵のもとへ向かった。玲司からメッセージが届いていた。

〈卵かけご飯、やってみたけど一口で無理だった。チャーハン切れる。今日、帰ってこれるの？〉

〈たぶん帰れると思ってるんだけど、もしダメだったら、ご飯に醤油をかけてしのいでくれ。ごめん〉

思いがけなかったのは、同級生の酒屋の渡辺からもメッセージが届いていたことだ。

〈俺の結婚式で撮ってもらった写真、親父の遺影に使わせて貰ってもいいかな？　いい写真を探してたら、あの時のが出てきて〉

先方の送信は昨晩のことだった。直志は慌てて返事を打った。〈遅れてすまん。ぜひ使ってくれ〉既読がついたので待っていたら、すぐに返事が届いた。

〈サンキュー。返信ないから、じつはもう引き伸ばして額に入れて貰ってたんだ。いい写真だねってみんな褒めてくれたよ。使用料はいくらお支払いすればいいかな?〉

なにを水臭いことを、と思いつつ〈そんなの要らないよ〉と返事を打った。

〈そういう訳にはいかんよ。プロの写真を使わせて貰うんだから〉

〈いいって。事情があって今はお葬式に行けない。だから香典がわりに使ってくれ。優しい親父さんだった。ご冥福をお祈りします〉

〈そっか……。そう言ってくれるなら、気持ちよく使わせてもらいます。親父も若かった頃の男前の写真で送ってもらえて喜んでると思う。ありがとう〉

いささか不謹慎かもしれないが、直志は久々に職業的な充足感に満たされていた。結婚式の撮影は、親友の門出へのご祝儀のつもりで、ほとんどボランティアで請け負った。あのときの写真が数十年の時を経て、ふたたび家族にとって大切な儀式に使って貰えることになるとは……。

家族が新たな縁を結ぶとき。それが解《ほど》けるとき。そこに立ち合い、いささかでも役に立てるのは、カメラマン冥利《みようり》の一つと言えるのかもしれない。直志は渡辺の父親に黙禱《もくとう》を捧げた。スマホのバッテリーは8%まで減っていた。

さて、と競輪場のアーチに目をやった。今日の最終決勝レースのあと、男は出奔を終えて家に帰るはずだ。だが昨夜あんなことがあった以上、こちらから男に会いに行くのは気乗りがしなかった。とはいえこのまま男と別れるのも引っ掛かりを感じる。どうしたものか。とりあえず場内で朝昼兼用の飯でも食べながら、今後の予定を考えるつもりでアーチをくぐった。

　男と顔を合わせなくて済むように、ゴールとは反対のバックスタンド側へ向かった。そこでばったりあの幼馴染みコンビに出会《でくわ》した。三日連続で会うと、銭湯屋の巨体も、金物屋の小狡そうな目つきも、昔からの知り合いのように懐かしく感じられる。

「今から飯に行くんだけど、一緒にどう？」

　金物屋に誘われた。直志は自分もちょうどそのつもりだったと応じた。三人で食堂に入り、朝定食を注文した。

「昨日はあの後、大丈夫だったの？」

　金物屋が好奇心を隠そうともせずに尋ねてきた。俺たちを見捨てて逃げたのはどこのどいつだよ、と思ったが、あえて涼しい顔で「大丈夫でしたよ」と答えた。直志につぶさに報告する意思がなさそうだと見て取ると、金物屋は「それにしても酷いよね、あの人」と顔をしかめた。

「なにが一期一会だよ。ヤクザが来たらシュンとしちゃってさ。こっちはこれからも伊東《ここ》でうまくやって行かなくちゃいけないのに、よそ者が偉そうな顔すんなってんだ。だいたい、羽振りがいい話もどこまで本当だか。俺は初めから怪しいと思ってたんだ。あれは口先だけの人間だよ。だから今日はもう、一緒に行動しないって決めたんだ。そうする義理もないしね」

　言っている内容はおおむね正しかった。だが金物屋の口から男の悪口を聞くのはあまり気持ちのいいものではなかった。直志はいかにもいま思い出したかのような口ぶりで告げた。

「そういえば昨日、大穴を獲って換金所に並んでましたね。たまたま時岡さんと見かけたんですがいくら獲ったんですか。ご祝儀、期待しちゃったじゃないですか」

「いや……あれは……まあ……」

途端に金物屋は、しどろもどろになった。そして届いた朝定食をまっ先に平らげると、狙い目があるからと告げて、そそくさと席を立った。直志は銭湯屋と二人きりで残された。彼はじっくり時間をかけて食事を取るタイプらしかった。納豆をかきまぜたり、醬油を皿にまわす動作も、いちいち鷹揚でゆっくりしている。

「今日はバックスタンド側で過ごすんですか」と直志は尋ねた。

銭湯屋はアジの開きを器用にほぐしながら、「うん。あいつがもう横浜の大将の顔も見たくないって言うから」と答えた。直志は男の代わりに少しだけ淋しい気持ちになった。バブルが弾けたあと、男のもとからは潮が引くように人が去って行ったそうだ。その縮図を見る思いがする。

「おたくは今日、横浜の大将とは?」

銭湯屋に訊かれ、直志は肩をすくめた。会うかもしれないし、会わないかもしれないというジェスチャーのつもりだった。それは銭湯屋にも伝わったらしく、続けてこうつぶやいた。そこまで悪い人じゃないと思うけど、やっぱり惜しい人だよね、と。直志はこの巨漢の寸評力とでも言うべきものに、あらためて感じ入った。その一言は直志が時岡久春という人物について感じてきたことの大略《サマリー》に近かった。

お先に、と告げて食堂を出た。がらがらの四コーナー観覧席の上方へ登り、腰をおろした。ゴール前を見やると、金網付近に男の姿が認められた。ぽつねんと一人で予想紙に目を落としている。

今日、男は家に帰って家族に告げるのだ、とあらためて思い出した。

「伊東競輪に行ってきた。旅先で仲間もできて、いやー、楽しかったよ」

その〝旅先の仲間〟の一人が自分だったとは驚きだった。だが男はいまやその仲間たちからも見放されつつあった。自分は別れの挨拶くらいはしてもいいのかもしれないと思った。銭湯屋や金物屋とは立場が違うのだから。

思い悩んでいるうちに第三レースが始まった。直志はレースの行方を追うでもなく、ぼんやりとやり過ごした。次にやるべきことを決めかねていた。男に接触して事故の真相を聞き出すべきか。それともあちらの世界へ戻る方途を探るべきか。考え事をしているような、していないような、何ものでもないような時間が過ぎていった。

見覚えのある顔が、眼下のバンクの金網沿いを通り過ぎていったのは、そんな時だった。昨晩のヤクザだ。兄貴分のほうである。連れを一人従えて、肩で風を切って歩いている。それが昨晩の子分かどうかは定かでなかった。暗がりで土下座させられている時間が長かったから、子分の顔はよく覚えていない。

男に告げに行かねば、と腰が浮きかけた。昨晩のヤクザが場内にいるから用心しろ。ことによったら、場外に身を避けたほうが安全かもしれない、と。

だがすぐに尻はベンチに戻った。しょせんは男の身から出た錆《さび》である。金物屋の言い草ではないが、こちらにそこまでしてやる義理はない。それに男は放っておいても明後日には帰らぬ人となる身だ。知ったことか、といったんは打ち遣った。

だがこのまま何も知らされなかった男がヤクザに遭遇したら、と思うとわずかに心が痛んだ。どうするべきか。じりじりと焦燥が煮詰まってきた時、あの声が耳を穿《うが》った。

「行け」

直志は空を見上げた。朝から垂れ込めていた雲はいつの間にか払われ、青空がのぞき始めていた。声は、男のもとへ行けと告げていた。そう捉えて間違いないだろう。この声は、男の心の声であるのか。もしそうなら、男は直志に会いたがっていることになる。

直志はもぞもぞ身じろぎし、意味もなくため息をつき、舌打ちをした。そしてようやく気持ちの整理がつくと、観覧席を降りて男に声を掛けに行った。

「昨日のヤクザが場内にいます。気をつけた方がいいんじゃないですか」

男は直志が姿を現したことに驚いたらしかった。目を丸くして「わざわざ教えに来てくれたの?」と尋ねてきた。ええ、まあ、と直志は曖昧に頷いた。

「ありがとう。でも大丈夫だよ。昨日のことは昨日でケリがついている。連中も俺を見掛けても、一睨みしてくるくらいだろう。それよりも昨日のコーチ代、足りてなかったね」

男がポケットから札束を取り出した。

「一点買いで二百も勝たせて貰ったんだから、一割は戻さないと。だからあと十万、払うよ」

二日後に亡くなる人間が、あくまで見栄を張り通そうとしている。物哀しさが募った。

「いいですよ、そんなの」

早くカネを仕舞って欲しくて、きつめの口調で言った。

「よくないって」

「いいですってば」

そんなやり取りが何度か繰り返された。男は諦めてカネを引っ込めた。そして思いがけないことを言ったのだった。

「じゃあ、行こうか。大室山に」

「えっ?」

「約束だろ。パッと行っちゃおうよ」

21

男の背中をまじまじと見つめるのは、これが二度目だった。

直志はリフトに乗りながら、昨日の露天風呂のことを思い出していた。一つ前のリフトに乗った男の背中は、あの時と同じように、やはり寄る辺なく感じられた。この小さな背中が二日後には生涯を閉じるのかと思うと、悲しいとか痛ましいというよりも、不可思議な感じが勝った。

ライカを構えて男の背中にピントを合わせた。リフトは鉄塔に差し掛かるたびに揺れる。次の鉄塔をやり過ごしてから、静かに人差し指をおろした。ライカの硬質なシャッター音が、男の背中を記録に留めたことを告げた。

六分ほどの乗車時間は瞬く間に半ばを過ぎた。早い、と直志は思った。大室山の親しみやすい山容は昔の記憶のままだった。青々と夏草が繁る様子もそうだ。だが幼い頃は大室山も、父の背中も、もっと大きく感じられたものだった。

山頂に着くと男は「どうだ。絶景だろ」とまるで自分の豪邸でも自慢するように言った。たしかに男の言う通りだった。すっかり晴れあがった四方には遮《さえぎ》るものが一つもなく、眼下には青い相模湾《さがみ》が広がっていた。目を上げれば富士や天城《あまぎ》連山を望むことができる。

ぽかりと一つ、大きな入道雲が浮かんでいた。

それはまるで自分の意志でも持つかのように、強い生命力でむくむくと青空に肢体を広げていた。おろしたてのスニーカーみたいに一点の汚れもない白さが目に染みた。

「行こうか」

　男が歩き出した。噴火口の跡をぐるりと一周する一キロほどの遊歩道には、家族連れやカップルの姿が目立った。みな、のんびりと立ち止まって景色を眺めたり、写真を撮ったりしている。山頂の空気はこの上なく清澄で、風が吹き渡ると涼しく感じられるほどだった。すれ違う人の中には会釈してくる人もいた。犬を連れている人もいた。そのどれもが懐かしい光景だった。

「あれはたしか、息子が五つか六つの頃だったかな」

　男が歩きながら、思い出し笑いをした。

「今年はお父さんと僕で、別れ別れに逆回りで回ろうって言い出したんだ。それで真ん中あたりで落ち合おうって。それなのにあいつ、落ち合う頃にはわんわんベソをかいててさ。言い出しっぺがなに泣いてるんだよ、って可笑しかったな」

　そんなことがあったような気もするが、うまく思い出せなかった。男にとっては十年前の出来事だが、直志には四十年前の出来事にあたる。

　毎夏恒例の伊豆への家族旅行は、いつ頃なくなったのだったか。これも朧《おぼろ》げにしか覚えていなかった。おそらく直志が中学校にあがる頃だろう。自分は反抗期を迎えつつあり、父はバブル崩壊を迎えつつあった。そのせいで家族旅行どころではなくなったのかもしれない。いわばここは一家団欒の最後の思い出の地でもあった。

「ちょうどここら辺だったかな」男が遊歩道の半ばあたりで立ち止まった。「ここで息子と落ち合ったんだ」

「よく憶えてますね」直志は遊歩道の全景を見渡しながら言った。

「いちばん小高いところから、海を見ながら待ってたから憶えてるんだ」

たしかにそこは遊歩道のなかでも、最も高い位置にあった。男は往時を思い出すかのように、海を見はるかした。直志も海に目をやり、まぶしさに目を細めた。先ほどの大きな入道雲が、身じろぎもせず青空に佇んでいる。

やがて男が、ぽつんとつぶやくように言った。

「夜明け前がいちばん暗いなんて言うけど、嘘だね。明けない夜もあるから」

直志は驚いた。男が光を見つめながら、闇に思いを馳せていたことにである。生涯を閉じた後の永遠の闇について想像を巡らせていたのだろうか。それを思うと、ぞっとした。

草の匂いのする風が吹き渡った。どこか懐かしい匂いだった。それに導かれるように、先ほどの男の昔話の光景が甦った。たしかにあれは五つか六つの頃の話だ。父と別れ別れに回ろうと自分で提案したくせに、やがて泣き出してしまったのは、不安と後悔からだった。

このまま父と会えなくなってしまったらどうしよう、という不安。あんな提案なんてしなければよかった、という後悔。その二つに苛《さいな》まれ、少年だった直志の足はだんだんと駆け足になった。向こう側をのんびり歩く父の姿を何度も確認した。泣くまいと思うほどに涙があふれてきた。「ぼく、迷子になっちゃったの？」そう声をかけてくれる人もいたような気がする。だが直志は答えもせずに一目散に父を目指した。そして父と無事に落ち合えたとき、さまざまな感情が入り混じってわんわん泣き出してしまったのだ。直志は四十年前のその感情を、ありありと思い出すことができた。

あの頃、自分は父が大好きだったのだ。

ずっと一緒にいたかったのだ。

父はよく一緒に遊んでくれたし、よく褒めてくれた。「お前は〝ありがとうございます〟とか〝ご馳走さま〟がきちんと言えて本当に偉い」その程度のことを人前で大袈裟に褒めるものだから、こちらのほうが恥ずかしくなるくらいだった。

だが父に褒められたことなら、どんな些細なことであれ覚えていた。他愛ない褒め言葉が、褒められた人のその後の生涯を励まし続けることは、よくある。自分もそうかもしれない。口先から生まれてきたような男の、口先から出た言葉に励まされてきたのかと思うと、泣き笑いしたいような気持ちになった。

男を見やった。背景《バック》にはあの入道雲が浮かんでいた。おもしろい構図だった。直志は肩からライカを外して、「ここで一枚いきましょうか」と男に声をかけた。

「おっ、プロに撮られるのか」

男は照れるでもなく、薄くなった頭髪をうしろに撫でつけた。直志はもう少しこちらに寄ってくれと立ち位置に注文を出した。男が入道雲の真ん中に収まった。これが男の〝遺影〟になってもおかしくなかった。直志は男の生涯を永遠の一瞬に焼き付ける気構えでシャッターを切った。

「どう？　いい写真撮れた？」

「ばっちりです」

直志は答えてから、はっと息を呑んだ。掛け値なしに〝いい写真〟であるという確信があったからだ。シャッターを切る瞬間のことを思い出してみた。そのとき指に宿っていたのは、四十年前の大室山での父との思い出。父と死別してからの三十年間で降り積もった想い。そして今の自分と同じ四十六年で終わった、父の短い生涯への惜別の念だった。

――カメラマンとしての自分にいちばん足りなかったものは何か。

大山から与えられた宿題の答えに、もう一歩のところまで迫れた気がした。今こそ答えを摑み取ってやろうと思ったとき、男が軽口を叩いた。

「つまりいい写真ってのは、モデルの質に左右されるってことだな」

直志は男と顔を見合わせて吹き出してしまった。その笑いが全てを持っていった。思考の緊張感も吹き飛んだ。

それを汐《しお》に二人はリフト乗り場へ向けて歩き出した。直志は途中で立ち止まって空や海を撮った。なんの変哲もない風景写真だったが、大室山への感謝や挨拶の気持ちを込めてシャッターを切った。そのあいだも頭の片隅で〝いい写真〟の条件についてぼんやり考えていた。

するとある家族が、写真を撮ってくれませんかとカメラを渡してきた。直志は気軽に応じてやった。両親と、小学生くらいのお姉ちゃんと弟の四人家族だった。夏の思い出。家族の記録。子供たちの表情が固かった。直志はカメラを構えたまま「笑ってくれないと、夜までシャッターを押さないよー」とおどけた。そのおかげで、子供たちの溢れるように白い歯を写真に収めることができた。これもまた、いい写真が撮れたという確かな手応えがあった。

しばらく行ったところで男が言った。

「それにしても、ワタナベさんはたいしたもんだね。人生の勝者みたいなもんだよ」

直志は眉をひそめた。冗談のつもりなら、あまり褒められたものではないだろう。こちらが行き詰まっていることは告げてあったのだから。だが男は至って真面目な様子で続けた。

「だってこの歳になるまで、好きなことして食えてきたんでしょ。うらやましい限りだよ。俺は不動産取り引きが楽しいだなんて一度も思ったことないよ。俺の人生、こんなふうに終わっちまうのかって思う」

男が自ら弱みを吐露するのは珍しいことだった。そのことが、直志を淋しい気持ちにさせた。この男から虚勢とハッタリを奪ったら、何が残ると言うのか。この男なりに弱っているのかもしれない。そう思うと、昨晩の蟠《わだかま》りが溶けてゆくようだった。直志は軽く頭を下げて言った。

「昨日はすいませんでした。死んじまえとか言ってしまって」

「もう言いっこなしだよ」

男はからっと笑い、そしてすぐ真顔に戻った。

「でもあの台詞には驚いたよ。俺は二日後に死ぬんだから」

あまりにサラリと言われたので聞き逃してしまいそうだった。まさか男の方から告白されるとは思ってもみなかった。

「旅の恥はかき捨てだから言うけど、じつは筋のよくないカネを借りててね。景気のいいときは銀行だってほいほい貸すくせに、いざ必要になると街金《まちきん》ですら貸してくれなくなる。残るのは目ん玉が飛び出るほどの高利貸しだ。もちろんバックはヤクザだよ。返せなかったら俺の生命保険で支払う約束で借りた。だから俺は二日後に事故を装って死ぬんだ」

直志は頭の中が真っ白になった。体が硬直して、動悸が速まる。

「でも俺だって馬鹿じゃないよ。どうせ死ぬなら借金を完済して、残った家族が贅沢しなけりゃ二十年は暮らせる保険に入って死ぬ。そのためにずっと前から来月のゴルフ場を予約してあるんだ。保険屋を騙すためにね。怪しさ満点の高額保険加入だろ。だから裁判になったとき、俺が何ヶ月も前から嬉々としてゴルフ場を予約してたと分かったら、少しは有利になるかなと思ってね」

おおむね予想していたシナリオの一つだったのに、声が出なかった。何か訊こうとしたが、窒息しかけた魚のように口をぱくぱくすることしかできない。唇と喉がカラカラに乾いていた。

直志は唇を舐め、唾を飲み込んで喉を湿らせてから、どうしてこの話を自分にしたのかと尋ねた。どうしてかな、と男は首をかしげた。

「さっきも言った通り、旅の恥はかき捨てというのもあるけど、ワタナベさんとは初めて会ったときから、他人のような気がしなかったんだよね。なぜか知らんけど。でもいま聞いたことは、裁判で証言しちゃダメだよ」

「わかってます。奥さんはこの話をご存知なんですか」

「ご存知も何も、これはずっと前からの妻《あいつ》との約束なんだ。どこから話せばいいかな。そうだ。あれは結婚して、息子が生まれた頃の話だ」

そこまで遡《さかのぼ》るのか、と直志は少し面食らった。男の話によれば、直志が生まれた頃、男は初めて浮気がバレたそうだ。それからも毎年続けて、三度か四度ほど露見した。そこで両親は、仮面夫婦になる契約を結んだのだという。

「妻《あいつ》の方からそう言ってきたんだ。『息子が社会に出るまでは仮面をつけましょう』って。俺にも不服はなかった。息子を片親にしたくなかったしね。だけどそのとき条件を出したんだ。『それまでは俺の好きにやらせろ。もし事業に失敗して、二進《にっち》も三進《さっち》もいかなくなったら、死んでお前たちにちゃんとカネを残すから』って」

また喉が乾いてきた。自分が仮面夫婦に育てられたとは露ほども気づかなかった。男の行状のせいで、傍目にも仲睦まじい夫婦とは言えなかった。そのことが却って真実を覆い隠すベールとして働いたのかもしれない。

「本当に、あなたの両親っていう人たちは……」

叔母が父の葬儀のあとに漏らした台詞は、仮面夫婦のことを指していたのかもしれない。母が実妹に仮面夫婦のことは相談しても、保険金詐欺自殺のことは黙っていた可能性は高いからだ。それにしても、おとなしい性格で、父に丸め込まれていたとばかり思っていた母が共犯者だったとは思いも寄らなかった。

「奥さんはよくそんな条件を呑みましたね」

「まあ、あいつも元は夜の商売の女だからな。肝っ玉が据わってるよ。小さい店だけど、そこのナンバーワンだったんだ。毎日通って口説き落としたんだぜ」

これも初耳だった。両親は知人の紹介か何かで出会ったものとばかり思い込んでいた。

「じつはワタナベさんと一緒じゃなくても、今日はここに来るつもりだった。家族の思い出の場所だから、見納めのつもりでね」

「だけどここに来てた頃は、もう仮面夫婦だったんでしょう?」

「そうなんだけど、なんて言うかな。夫婦のことだから、家族で楽しく過ごしてる間は、お互いそんなことを忘れてる時間もあったよ」

本当だろうか。母もふと、このお調子者を許してやろうと思った瞬間があったのだろうか。あったような気もするし、なかったような気もする。

「俺、本当は息子《あいつ》には会社員とか公務員になって欲しかったんだよね」

またも初耳の事柄を男が口にした。

「ワタナベさんも分かると思うけど、自営業って大変だろ。こんな苦労を息子にはさせたくないよ。だから公務員とかになって欲しかったんだけど、カメラマンになりたいって言い出しちゃってさ。もちろん、夢は叶えて欲しいんだけど……」

それは計らずも直志が玲司に抱いている想いと同じだった。直志もプロゲーマーになりたいという玲司の夢は応援してやりたかった。だが自分のような苦労を味わわないで済む安定した職業に就いて欲しいとも願っていた。それが親心というものだろう。こんな男でも、人並みに親心を抱いていたのかと思うと、胸の奥でうごめくものがあった。

「死なない選択肢はないんですか」

「ないね」

「自己破産すれば、借金はチャラになると聞いたことがありますが……」

直志は近い将来、自分を襲うかもしれないと怯えてきた言葉を口にした。

「そんな生易しい奴らじゃないよ。そんなことをしたら、妻や息子まで追い込みかけられる」

「息子さんに保険金詐欺自殺のことは告げていくつもりなんですか」

「言わない。息子《あいつ》も寝覚めが悪いだろ。じつの親父が保険会社をだまくらかして死んでいったなんて知ったら。俺はあいつが生まれたとき、自分に誓ったんだ。会社を大きくして、こいつに譲ってやろうって。一生、カネに困らない人生を送らせてやろうって。だけどこのままじゃ、遺産どころか借金を残しちまう。だから死ぬんだ。ワタナベさんも息子がいるなら分かってくれるだろ。この気持ち」

「分かりませんね」

　直志は冷たく言い放った。男の独善的な言いようが腹立たしかった。この人はいつもこうだ。都合が悪くなると綺麗ごとを口にして言い抜けを図る。現にこんなことがなければ真相は永遠に分からないままだったではないか。

「息子さんが不憫です」

「そんなことないって。あいつもいつか分かってくれるよ。自分に子供ができたら」

　そんなのずっと先のことじゃねぇか、と言いかけた。だが奥歯をぐっと嚙み締めて飲み込んだ。代わりに直志が口にしたのは、「……生きろよ」という言葉だった。震えそうになる声で言ったので、よく聞き取れなかったらしい。男が「ん？　なんて言った？」と聞き返してきた。

「生きろって言ったんだよ。家族のためって言うなら、どんなに惨めでもいいから生き延びる道を探れよ。それが父親ってもんだろ」

　現に自分だって、玲司がいなければ、妻と一緒に死にたいくらいだった。カメラで食えなくなってからは尚更だ。すべてを放り投げて死んでしまいたい。そんな気持ちを堪えてきたのは、ひとえに息子に対する責任感や愛情からだった。たとえどんな都合があろうとも、それらを放《ほう》擲《てき》することに正当性はない。だが男は投げ捨てるという。なんと身勝手で浅はかな考えだろう。直志はぼそりと呟いた。勝手に悲劇のヒーローを気取んなよ、と。すると男が突如、肩を震わせて叫ぶように言った。

「そりゃ俺だって、死にたかねぇよ！」

目から溢れる涙を拭おうともせず、突っかかるように直志の目を見据えてきた。

「俺だって息子が社会に出て活躍する姿を見たかった。孫も見たかった。だけど、もう無理なんだ。俺がいい時は群がってきた奴らも、俺が傾くと手のひらを返したように居なくなりやがった。周りに人がいなけりゃ、カネなんか生まれないよ。だから家族を生かすためには、俺が死ぬしかないんだ」

震える男の肩に手をまわした。温かな息づかいが伝わってきた。男の頬をつたって地面に滴り落ちていく涙も、男が生きていることの証だった。西暦何年かということは関係ない。いま、この男は生きている。そしてまだ生きたいと願っている。直志はごく自然に、この男を生かしてやりたいという想いに駆られた。

「いくらあれば死なないで済むんですか」

「五千万あれば当座はしのげるけど、もう手遅れだよ。今日が期限だから」

「手遅れじゃないかもしれません」

直志は時計を見た。十三時四十分。

玲司はまだ、あるいはもう起きているだろうか。

22

男はインフィニティを飛ばした。とにかく急いでくれという直志の要請に応じたものだった。法定速度を守っている前方車にあっという間に追いつくと男は容赦なく煽《あお》った。それでも道を譲らないと見るや、自分の車を対向車線にもちだして追い抜いた。ほとんどの車がドライブレコーダーを搭載している三十年後の世界なら問答無用でアウトだ。

４５００ccの排気量をもつインフィニティの加速力はたいしたものだったが、何かが軋《きし》むような音だけは少し気になった。メーターを巻き戻さなければ、何万キロ走った車なのだろう。

赤信号が現れた。男は無視しそうな勢いで突っ込んだが、信号の手前まで来ると舌打ちしてブレーキを踏んだ。そして苛立たしげに信号を見上げながら、本当にお告げなんてあるの、と尋ねてきた。

「あります。うまく間に合えば、の話ですが」

地蔵のお告げによる最終レースの一点買い。それが直志の提案した起死回生の一策だった。最終レースは十六時出走だから、いまから玲司に連絡を取り、国会図書館へ行ってもらえば、ぎりぎり間に合うかもしれない。男の資金はまだ二百万ほど残っているらしいから、決勝レースが二十五倍つけば五千万円を作れる。

信号が青になった。男はすぐさまアクセルをふかし、高速道路のように飛ばした。カーブでも最小限の減速にとどめ、カーブの立ち直りからまた速《すみ》やかに加速した。助手席の頭上にあるアシストグリップだけが直志の命綱だった。

二度目の赤信号に捕まった。男はちらちらと左右を窺った。信号無視を考えているのだろう。急かし過ぎたかと直志は反省した。事故でも起こされたら身も蓋もない。目の前を大きなトラックがゆっくり横切っていき、男はため息をついた。信号無視は諦めたらしい。

信号が変わり、男はフライング気味にアクセルを踏み込んだ。するとエンジンが「きゅ〜ん」と水に落ちた犬のように情けない音を立てて停まった。「嘘だろ、おい」男はエンジンを掛け直そうとしたが無駄だった。チチチと、ガスの切れたコンロが空回りするような音だけがする。

「バッテリーか？　まさかセルモーターが切れたわけじゃねぇだろうな。ちょっと怪しいって言われてたんだよ」

男は車を降りてボンネットを開けた。直志も降りて、後続車にこちらをよけて行くよう誘導した。どうですかと尋ねると、男はボンネットから顔を出して言った。

「駄目だ。業者を呼ばないと俺の手には負えんな」

あーあ、これで万事休すか、と男が天を仰いだ。そこまで悔しそうに見えなかったのは、お告げの実効性を信じ切っていなかったからだろう。惜しむ気持ちは直志の方が強かった。

「なんでこんなオンボロに乗ってたんですか」

「どうせ壁に突っ込む車だからな」

「よっぽど安かったんでしょうね」多少の皮肉をこめて言った。

「ああ。四十万。それを三十六万五千円にまけさせた」

「時岡さんの中古車取り引きには、いつも端数の五千円がついてくるんですね」

「そこが味噌なんだよ」

「人間はおまけと役得に加えて、端数にも弱い生き物ってことですか」

「あとバーゲンセールな。それをぶら下げときゃ人間なんて馬のように操れる」

二人は頓挫《とんざ》した計画の無念を晴らすように、軽口を叩き合ってクールダウンした。スマホの電源を入れるとバッテリーは4％まで減っていた。これではどうせ計画を完遂するまで保たなかっただろう。不確定要素は他にもあった。玲司は国会図書館に行ってくれなかったかもしれない。行ってくれたとしても、決勝レースに間に合わなかったかもしれない。間に合ったとしても、決勝は二十五倍以上のオッズで決着しないかもしれない。二十五倍か……と思ったところで、直志は誤算に気づき、あーっ、と大きな声をあげた。

「どうせダメでした、時岡さん」

「なにが？」

「オッズです。もしお告げがあったとしても、そこに二百万もぶちこんだら、オッズがめちゃくちゃ下がってしまいますよね。五千万なんて初めから無理だったんですよ」

「なんだ、そんなことか。それなら知り合いのヤクザがノミ屋をやってるから、そこに電話して買えばいい」

違法の私設投票所であるノミ屋で買えば、たしかに現地のオッズは下がらない。なるほど、その手があったかと思った。しかしすぐに新たな疑問が浮かんだ。

「でもそのヤクザは、当たったら本当に五千万も払ってくれるんですか。しらばっくれたり、消されたりしませんか」

「大丈夫だよ。あっちも信用商売だから。それにノミ屋には、ノミ屋同士のネットワークがある。各から高額の買いが入ったら、みんなで連絡を取りあって、分散して受けるんだ。いわゆるリスクヘッジというやつだな。だから自分のところだけで五千万をかぶる訳じゃない」

そうと分かると、再び惜しい気持ちが擡《もた》げてきた。決勝に間に合えば、一勝負打てたかもしれない。なぜこんなポンコツに乗っていたんだ、とインフィニティを蹴飛ばしてやりたくなった。だがよくよく考えてみれば、男らしい顛末《てんまつ》と言えなくもなかった。いんちきな男が、いんちきで手に入れた、いんちきな高級車に、最後の最後にしっぺ返しを食らった。そう思えば、辻褄《つじつま》は合っている。

だが、直志は諦めきれなかった。

「こんなところじゃ、タクシーも通らないでしょうね……」

肩を落としてつぶやいたところで、男が「あっ、あの人は？」と大声をあげた。「ほら、個タクの。たしか名刺を貰ってたはずだぞ」

男は車のダッシュボードから名刺を探し出した。そして百メートルほど先にあるシャッターの閉じた店舗の前にあった公衆電話へ向かった。個タクの運転手はすぐ電話に出てくれたらしい。男は手早く状況を説明して戻ってきた。

「今日は休みだけど、超特急で来てくれるって」

個タクの運転手は、本当にものの十分もしないうちに到着した。たまたま自宅が近くだったそうだ。インフィニティは道路の脇に置いていくことになった。個タクの運転手が、ギアをニュートラルに入れて、タイヤを手で回せと教えてくれた。その通りにすると、インフィニティは驚くほど簡単に移動させることができた。異変を報せるために、トランクとボンネットは開けていくことにした。

「飛ばしますよ」

区間によっては法定速度を超えるスピードで走り抜けてくれたのは、長年の経験により、どこでネズミ捕りをしているか熟知しているからしかった。メーターは倒さなかった。私用扱いということらしい。競輪場に着くと男は謝礼を差し出した。個タクの運転手は固辞し、晴れやかな表情で告げた。

「決勝、当たるといいですね」

これで少しは恩返しができたかなと顔に書いてあるようだった。中古車業者があのクラウンを五、六十万で転売すると知ったら腰を抜かすだろう。まさに知らぬが仏だ。

直志は男にいつもの金網の前で待っていてくれと告げて、一人で地蔵のもとへ向かった。

23

〈一生に一度のお願いだと思って聞いて欲しい。今からまた国会図書館へ行って、決勝レースの結果を調べてきてくれないか。知りたいのは一九九三年八月二十三日の伊東競輪の第十レースの結果。報酬は欲しがっていたゲーミングマウス。リミットは十五時五十分。充電が切れそうだから、やり取りはあまりできない。頼む〉

送信から一分が経っても既読はつかなかった。二分が経った。やはり既読にはならない。寝ているのだろうか。バッテリーは3％しか残っていなかった。現在時刻は十四時二十八分。家から国会図書館までは約一時間だから、玲司が今すぐ出発しても、申請と調べ物に費やせる時間は二十分程度しかない。早く見てくれと祈るようにスマホを見つめていたら、後ろから声がした。

「おめぇ、いつもここに居んな。賽銭ドロか？」

直志はうんざりして振り返った。昨日までとまったく同じ赤茶けたポロシャツを着た老人が立っていた。ひどい臭いも相変わらずだ。

取り込み中なので話し掛けないで下さいと厳しめの口調で言った。わかったよ、と言って老人は地べたに尻をついた。そして何かを食べ始めた。おむすびと和菓子の中間のように見えたから、お萩《はぎ》だろうか。またお供え物を失敬したに違いない。賽銭ドロの仲間はそっちだろ、と胸中で毒づいた。

「最近、なんか面白い小説読んだか?」

注意を無視して、すぐさま老人が話し掛けてきた。直志は何を訊かれても答えないつもりでいた。だがあまりに思いがけない質問だったので、「本が好きなんですか」と訊き返してしまった。老人には高尚すぎる趣味のように思われたからだ。

「ああ。暇つぶしにはもってこいだろ」

直志はなるべく素っ気なく答えた。小説はもう何年も読んでいません、と。

「淋しいねぇ。映画は?」

「映画は観ます」

「昔、ここらへんを舞台にした映画があったよな。なんて言ったっけ。ほら、あの美人の女優」

女優はたいていてい美人なものです、とつっけんどんに答えてからスマホに目をやった。既読がついていた。だが返事はなかった。バッテリーが2%に減った。玲司に〈返事をくれ〉と打ちたかった。しかし貴重なバッテリーを催促に使うのは躊躇《ためら》われた。

そのまま五分ほど待ってみた。貧乏ゆすりをしたり、短い舌打ちを連発したりしながら、更に五分ほど待ってみた。返事はなかった。これで完全にアウトだ。今から家を出ても、調べ物を終える頃には最終レースが終わっている。覚えず、魂が抜けるようなため息が出た。直志は失意の中に自分が折り畳まれるように感じながら、玲司にメッセージを打った。

〈もう間に合わないから、さっきの話は忘れてくれていいよ。騒がせて悪かったな〉

すると瞬時に既読がつき、玲司から返事が届いた。

〈いま、横浜駅から電車に乗った。ぎりぎり間に合うかも〉

全身の毛が逆立ちそうになった。いま電車に乗ったということは、玲司はメッセージを目にするや否や、取るものも取りあえず、家を飛び出したのだろう。こんな機敏に動いてくれるとは思ってもみなかった。昨日の外出で何かを取り戻したのだろうか。

こうなれば、あとは時間とバッテリーとの勝負だった。2%という表示に身を切られるような思いがした。もしいま悪徳商人が現れて「バッテリー1%につき一万で売ってやろう」と言ったら、迷わず購入するだろう。

直志は慎重に文面を考えて送った。

〈ありがとう。ほんとにバッテリーがないので、次は十五時五十分にスマホを開いてお前から

の報告を確認する。それがおそらく最後の送受信になるはずだ。いつ帰れるかはまだ分からない。頼んだ〉

場内へ戻ると、男が「どうだった？」と緊迫した表情で尋ねてきた。

「まだ分かりませんが間に合う可能性はあります。そちらは？」

「知り合いのノミ屋に連絡を入れといたよ」

当たったら五千万円になる買いを入れるかもしれないから、くれぐれも自分のところだけで呑もうとするな、と告げたらしい。これで準備は整った。決勝レースのスタートは十六時である。

不意に二人の前に一時間ほどの空き時間がぽんと差し出された。どうやって時間を潰すか、二人で話し合った。しばし考えてから、男はもういちど海を近くで見たいと言った。見納めのつもりだろうか。直志にも不服はなかった。

競輪場の外で客待ちをしていたタクシーに乗り込み、男は運転手に告げた。

「近くで海が見えるところまでやってくれ。少し海を眺めてから、決勝レースまでに、ここに戻って来たい」

それならオレンジビーチはどうかと運転手は言った。この辺りで最もポピュラーな海水浴場だ。そこでいいと男は答えた。

十五分ほど走り、オレンジビーチのはずれにある小さな海浜公園で降ろしてもらった。遊泳区域ではないので、人影は少なかった。遠くに見えるビーチでは、夏を惜しむように人々がパラソルを広げている。

公園の突端まで行くと、汐の香りが鼻をついた。男は深々と息を吸い込み、ああ、いい匂いだと言った。直志は男の五感がまだ機能していることに愛着を感じた。たった一人の山師のような男の五感を生かすために、歴史を改変するリスクを犯すなんて、どうかしていると他人は言うだろう。自分でもそう思う。だが今は男を生かしてやりたいと願った自分の熱量に殉じる気持ちが強かった。

「人は死んだら、どうなるんですかね」

ふと、そんな質問が口の端にのぼった。言ってしまってから、少し恥じた。あまりに子供じみた質問だろう。

「そんなの分かんないよ」男が微笑みながら言った。「でも死んだら終わりだなんて、ちょっと寂しいね」

男の言う通りだった。死んだら終わりだと思っていた。もう会えないと思っていた。本当は寂しかった。だがこうして会えた。会わせてくれたのは誰か。すなわちあの謎の声の主の正体は。それはこの男自身かもしれないという、ふんわりした懐疑は、いまだ陽炎《かげろう》のように直志の胸に揺らめいていた。

男は無言で海を見つめていた。男にとって海とは何なのだろう。青春の思い出か。母なる自然の象徴か。それとも、いかがわしい人生を送ってきた自分ですらすっぽり包み込んでくれる大いなる存在か。

やがて男は吹っ切れたような笑みを直志に向けて言った。

「付き合ってくれてありがとう。ワタナベさんにうちの家族の写真も撮って欲しかったな。さっき、大室山で写真を頼まれたときの笑わせ方、とても上手かったよ。さすがプロだね」

それだけ言うと、男は笑顔を収めた。

そして今度は何ものかへの未練を断ち切るように言った。

行こうか、最後の勝負に、と。

24

直志は競輪場のアーチの前で男と別れ、地蔵の前へ向かった。

スマホの電源を入れると十五時四十八分だった。リミットの二分前である。まだ玲司からメッセージは届いておらず、バッテリーは1%まで減っていた。しまった、早まったかと思ったが電源を落とすことはできなかった。一度落としたら、もう永遠に点かないかもしれないという恐怖には抗えない。

保《も》ってくれとスマホに祈りを捧げた。その祈りが通じたのか、画面が明るいうちに玲司からメッセージが届いた。胸を踊らせて目を走らせると、そこには信じられない一文が記されていた。

〈日曜で休みだった〉

脳内で破裂音がした。電気回線がショートする時のあの音だ。あちらの世界が一日遅れだったことを忘れていた。というよりも、国会図書館が日曜は休みだと初めて知った。……やれよ、と静かな怒りが込み上げてきた。公共施設なのだから、平日は来られない人のために日曜もやれって。なに休んでんだよ。

むなしい八つ当たりだとは分かっていた。最後の1％のバッテリーが残っているうちに、敗戦処理をしておかなくてはならなかった。怒りや落胆をいったん呑み込み、玲司にねぎらいのメッセージを打った。

〈悪かった。日曜が休みだなんて知らなかった。ゲーミングマウスは約束どおり買う。お前がすぐに動いてくれて嬉しかったよ。ありがとう〉

送信しようとしたら、スマホが震えた。メッセージアプリを通じて玲司が電話を入れてきたのだ。

「もしもし？」

急いで出た。バッテリーがあるうちに玲司の声を聞いておきたかった。

「せっかく来たのに休みとか、マジでありえないんだけど」

玲司の声は怒りを通り越して、呆れているようだった。

「本当だな。済まなかった」

「でも、なんで結果が知りたかったの？」

「話すと長くなるから、帰ったら話すよ」

いつ帰れるか分からないんだけど、と続けようとしたら、玲司が思いがけないことを言った。

「決勝レースなら、名字のアタマに『三』がつく人が優勝したよ」

「えっ？　なんで知ってるの？」

「ほら、昨日まちがえて、違う日付の新聞を調べてたって言ったじゃん。俺あのとき、一日あとのやつを調べてたんだよね。そのとき、伊東競輪の優勝は三なんとかって見出しを見た気がする」

「三住《みすみ》か？」

「あっ、そうかも」

三住は決勝レースの本命だから、優勝は充分にありえる。それだけに買っても五千万には届かないかもしれないが、優勝者が分かっただけでも有り難い。

「本当に三住で合ってるか？」

「うーん……。責任は持てないけど、そうだった気がする」

そのとき背後で突然、男の声がした。

「やっぱりそうか。変だと思ってたんだよ」

振り返ると、男が胡乱《うろん》げな目をこちらに向けて立っていた。直志は玲司にちょっと待ってくれと告げて男と向き合った。

「ワタナベさんのはお告げなんかじゃない。八百長だろ。その変てこなトランシーバーみたいなやつで買い目の指示が飛んでくるの？　するとあなたは現場の買い子って訳か。でもおかしいな。それならなんで俺に儲けさせようとするんだ。勝たせておいて後でカネを奪うつもり？　いや、それもおかしいな」

「おかしいでしょう？」

直志は腹を括《くく》った。

「つまり八百長なんかじゃないんですよ。いま僕が話してるのは息子です。バッテリーがありません。一言、頑張れと声を掛けてやってくれませんか」

直志は有無を言わせずスマホを押し付けた。男は訳もわからぬ様子のまま、スマホを耳にあてた。

「もしもし。おう。ゲームのプロを目指してるんだってな。どうせやるなら一番を目指せよ。え、親？　親がなんて言ったって関係ねぇよ。男なら自分の信じる道を行け。それにお前の父さんだってさ――」

そこで男はチラリと直志を見てきた。聞かれたくないらしい。直志から数歩離れると、口元を手で隠して、玲司にぼそぼそと何か告げた。俺の息子に変なことを吹き込むなよと思ったが、何を言ったのかは聞こえなかった。

「いい子だね。しっかりしてるじゃん」

男がスマホを戻しながら言った。画面は真っ黒になっていた。とうとうバッテリーがゼロになったのだ。

「戻りましょう。優勝は三住です」

「本当にお告げがあったの？」

「ええ。優勝者しか分かりませんでしたが」

男は何か言いたそうにしたが、呑み込んだらしかった。

最終レースの投票締め切りが迫っていた。二人は場内へ戻りオッズを確認した。車券はやはり五枠の三住から売れていた。

5－1　15・2
5－2　4・0
5－3　26・3
5－4　5・7
5－5　10・5

5－6　9・2

二十五倍を超えているのは5－3だけだった。強制的にそこへ全額を入れることになりそうだ。男は予想紙に目を落とし、「三番車の二着は難しいけどな……」とつぶやいた。直志に予想の詳しいところは分からなかった。だがオッズを見る限りではたしかに難しいのだろう。

「そうだ。あいつにも聞いてみるか」

二人で茶髪の予想屋のもとへ向かった。投票締め切りは三分を切っている。

「あ、社長」

満面の笑みを浮かべた予想屋に、男は千円札を差し出した。

「時間がないから結論だけ頼む。5－3で大勝負を打とうと思ってる。どうだ？」

「5－3？　五のアタマは固いと思うけど、三はどうかなぁ。いちばん弱いラインでしょ。厳しいと思いますよ」

「でも、ないわけじゃないだろ」

「まあ、奴の自転車《チヤリ》にもペダルはついてますからね……」

投票締め切り一分前のアナウンスが流れた。直志は「どうします？」と決断を迫った。男は顔を歪めた。たしかにオッズを見ても、プロの予想を聞いても、三番車の二着は難しいのかもしれない。だが六分の一まで絞れたのだ。その確率で命が助かるなら賭けてみる価値はある。

賭けなければ可能性はゼロだ。

「なぁ、ワタナベさん」男が改まった口調で告げた。「べつに勝負するのは構わないんだ。このカネはあなたが勝たせてくれたものだから、惜しくもないしね。でも、どうして俺にここまでしてくれるの？　お告げなんて本当にあるの？　そこをすっきりさせてから勝負したいんだよ」

男の言い分はもっともだった。

一つ目の質問に対する答えは出ていた。なぜ男にそこまでするのか。簡単な話である。もっと生きて欲しかったからだ。男は酔うと碌《ろく》でもない人間に成り下がった。だが素面《しらふ》のときは悪い人ではなかった。自分に優しかったが、他人にも優しかった。嘘つきの山師だったが、家族思いの一面もあった。

直志は幼い頃から男の笑顔が好きだった。男が喜ぶ姿を見るのが好きだった。男はよく直志を褒めてくれた。直志を褒めているとき、男は嬉しそうだった。誇らしげだった。その姿を見ると、直志は全身にパワーが漲《みなぎ》る感じがした。

直志は男に期待されたように、カメラマンとして到底、一番になどなれはしなかった。だが一本立ちして、家庭を構え、ひと花は咲かせた。その姿を見せて、一言、「頑張ったな」と褒めて欲しかった。十六歳で父と死別したときから、その想いをずっと秘めてきたのだ。こちらの世界へ来て、ようやくそのことが分かった。

「つまり……まだ死んで欲しくなかったんです」

声が震えた。

「おいおい。なんであんたが涙ぐむんだよ」と男が狼狽《うろた》えた。

「すみません。あまりに自分のケースと似ていたものだから、つい感情移入してしまって」

「そうだったんだ……。なんか悪かったね。俺が謝る筋合いでもなさそうだけど」

直志は気持ちを取り直して、二つ目の質問に対する答えに移った。

「お告げの件はどうしましょう。時岡さんの嫌いな食べ物でも言い当てたら信じてくれますか」

「いいだろう」男がにやりと笑った。「でも、一つじゃダメだ。まぐれ当たりがあるからな。俺には食えないものが三つある。それを当てて貰おう」

「あいだをとって二つじゃダメですか」

二つなら心当たりがあった。いいよ、と男が答えた。

「では少しお時間を」

直志はスマホを耳にあてて、お告げを貰うふりをした。どうせ男にバッテリーが切れていることなど分かるまい。

「あなたは光り物の魚と、ナスが苦手だと言ってます」

男はぽかんと口をあけて、「……わかった。信じるよ」と言った。そして公衆電話からノミ屋に連絡し、5-3に二百万を入れたのだった。

25

最終レースの投票が締め切られた。場内は三日間の闘いの結末を待ちわびる独特の緊迫感に包まれた。作業員が出てきて、スタートラインに発走機を設置する。審判員たちも所定の位置につき、あとは決勝メンバーの登場を待つばかりとなった。

男は金網越しに無言でバンクを見つめていた。何かに深く思いを馳せているようにも、すべての思考を放擲して、無心の境地にあるようにも見えた。

5-3で決まれば男の人生が変わる。それにつれて後の世界線も変わるだろう。中年男がひとり生き延びたところで、世界に与える影響はわずかかもしれない。だが直志の人生は確実に影響を受ける。どう変わるのかは想像がつかなかった。悪い方に転んでも後悔はしまいと胸に誓った。

トンビが上空に現れて、ピーヒョロロと舞った。翼を広げて悠々と気流に身を任せる姿は、見えない糸に繫がれた凧のように優雅だった。かと思えば、だしぬけに半身《はんみ》となり、空をゆっくり切り裂くカッターのように旋回した。その自由奔放な飛翔に直志は見とれた。鳥のように大空を住処とできたら、どんなに清新な心地がするだろう。そんなことを思ったとき、隣で男がつぶやいた。

「結局、墓場に持っていけるのは、家族の顔だけなのかもしれないな」

その一言は、直志の心を惹きつけるのに充分な奥ゆきを備えていた。どうして男はこんなことを言い出したのだろう。見納めに大室山へ行ったから、昔のことを思い出したのか。

直志の胸裏にも、大室山での一家団欒が甦った。父の冗談。母の笑顔。それを当然の風景と受けとめていた自分。幸せであることに気づかないほど幸せだった少年時代。あのころ両親はすでに仮面夫婦だった。けれども旅先で楽しい時間を過ごしている間は、男の言うとおり〝家族〟に戻る瞬間があったのかもしれない。そう思うのは美化が過ぎるだろうか。

渡辺の父の遺影の件も直志の頭を掠《かす》めた。家族の顔を欲するのは、なにも墓場へ行く人だけではないだろう。むしろ残される家族の方こそ、逝く人の顔を残しておきたいと願うはずだ。

結局、それに勝る写真はないのではないか？

ある写真家が言っていた。どんなに粋《すい》を凝らした芸術写真も、家族アルバムには勝てない、と。家が火事になったとき、人々が真っ先に持ち出すのは芸術写真ではなく家族アルバムの方だ。そこには家族にとって掛け替えのない〝いい写真〟が詰まっているからに他ならない。

家族とはいつか解散することを宿命づけられた儚《はかな》い存在である。だからこそ思い出を記録する必要があるのだ。カメラマンはそれを彫《きざ》む手伝いをする仕事であると捉えるなら、信念の源泉になりうるのではないか。

たとえば、こういうのはどうだろう。今はいったんカメラを置き、久世さんの中華料理店で世話になる。そして借金を完済し、資金が貯まったら、昔ながらの写真館のようなものを開き、そこで家族写真を専門に撮るカメラマンになるのだ。

むろん、それだけで食べていくのは容易ではないだろう。だが今のマンションを売り払えば、あるいはやっていけるかもしれない。都会を出て、それなりに人口のある郊外で中古家を探す。一階はスタジオ、二階は住居に改装する。節約のために壁塗りくらいは手作業でやってもいい。撮影が入っていない日は、ゴミ収集や料理屋でのバイトを続ける。それでも自分はカメラマンだと胸を張って言える。なぜなら揺るぎない信念があるからだ。

信念は、ただ一つ。

マタニティから遺影まで。かかりつけ医師ならぬ、かかりつけカメラマンになれたら本望だ。自分はそれだけのカメラマンで終わってもいい。むしろそんなカメラマンを全うできるなら、申し分ない職業人生というべきだろう。

考えてみれば、妻が亡くなった後もあのマンションを維持せねばならぬ理由はあまりなかった。カメラの仕事はどこに住んでいてもできる。玲司のゲームもネット回線さえ繋がっていればどこでもできる。どうして今までそんな簡単なことに気づかなかったのだろう。

気づかせてくれたのは男だった。男がどんなつもりで「墓場に持っていけるのは、家族の顔だけなのかもしれないな」とつぶやいたのかは分からない。ひょっとしたら直志が先ほど海浜公園で「人は死んだら、どうなるんですかね」と子供じみた質問をしたことが呼び水になったのかもしれない。

ともかくもこれでようやく大山邸へ持ってゆくべき答えが見つかった気がした。まだ思いつきの域を出ないが、方向としては間違っていないはずだ。いばらの道は覚悟の上だった。だがその道は歩き甲斐がありそうに思えた。少なくとも何でも屋として、行き当たりばったりで道に迷っていた頃に比べれば。

空を見上げた。これからの人生はあのトンビのように己の領空をよく見晴るかしながら生きてゆきたいと願った。できることと、できないこと。それをしっかり見極めながら生きていくのだ。自分に残された時間は、ふんだんにあるとは言い難いのだから。

レース開始の号砲が鳴った。

選手たちはわずかな駆け引きのあと、初手の位置取りを定めた。前受けを選んだのは本命の三住だった。三番車は中団に構えた。やがて静かな周回に入り、競技用自転車のシャーッという独特の走行音だけが、目の前を通り過ぎていった。

周回を重ねるごとに、直志の鼓動は速まった。手のひらに汗が滲《にじ》む。自分が唾を呑み込む音に、いやがうえにも緊張が高まる。

残り二周半あたりからレースが動き出した。観客たちが「来たぞっ!」「行けっ!」と、自分が応援する選手たちに声を掛ける。先行選手が他のラインを目でちらちらと牽制《けんせい》しながら、先行態勢に入った。そのままぐんぐんと加速して、スピードに乗り切る。レースは一列棒状になった。後方に置かれた選手は脚を溜めて、巻き返しのタイミングを図る。そうはさせじと、逃げを打った選手が懸命にペダルを回す。

残り一周半を告げる打鐘《ジャン》が鳴った。その音は次第に速まり、直志の血も滾《たぎ》った。金網を握りしめる指が痛いほどだ。５－３で決まれ。それだけを願った。

残り一周を切ったところで、後方から本命の三住が仕掛けた。まるで一人だけ別次元のエンジンを積んでいるように加速し、瞬く間に前団を飲み込んで独走態勢に入った。男が隣で「よしっ！」と叫んだ。これで一着《アタマ》は決まった。あとは赤の勝負服の三番車が二着に入れば５－３で決まる。

残り半周の地点で、三番車は三番手につけていた。四コーナーを回ったときも、依然として三番手のままだった。最後の直線に入り、場内のあちこちから迸《ほとばし》るような絶叫が上がった。

「差せぇぇぇっ！」

生命《いのち》の限りに叫んでいたのは、直志の方だった。三番車が前の選手をかわせば男の命は繋がる。直志は目を見開き、息を止めて、時速六十キロとも言われるゴールの瞬間を見守った。全身が高性能のレンズと化したように、コマ送りでゴールする選手を目に焼きつけていく。

まず三住がダントツの一着でゴールした。もう一周あっても誰も差せないような圧倒的なスピードだった。

次にゴールする選手が男の命運を握っていた。直志は赤を願った。彼が二着に入れば願いは叶う。内から差しを狙う選手。外から強襲を狙う選手。皆が少しでも早くゴールしようと内外に広がってゴール線に襲いかかった。

勝負は一瞬のうちに決まった。

風を切り裂きながら二着でゴール線を駆け抜けたのは、黒の勝負服だった。すなわち二番車だ。レースは5－2で決まった。一番人気での決着だった。

絶叫は嘆きに変わり、はずれ車券が宙を舞った。場内の昂奮も急速に萎《しぼ》んだ。それと歩を合わせるように、直志は膝からくずれ落ちた。解けた指が、するすると金網の上をつたって滑り落ちてゆく。胸に大きな穴が穿たれた。終わったのだ、と思った。これですべてが。

「元気出しなよ」

頭上から男の声が降り注いだ。直志は男を見上げ、無念さに染められた声でつぶやいた。

「あと、もうちょっとだったのに……」直線の短さが恨めしかった。あと少し長ければ、三番車が二着に食い込めたかもしれない。

「ああ、惜しかった。でもいい夢を見させてもらったよ」

男が手を差し出してきた。直志はその手をつかんで立ち上がった。温かかった。

男は二百万を失った。考えようによっては、伊東競輪に〝戻した〟と見ることもできる。これでバタフライ・エフェクトの発動は抑えられたのではあるまいか。

「ワタナベさんとは、ここでサヨナラってことになるのかな……」

男がすこし名残惜しそうに言った。直志も胸に疼《うず》きをおぼえた。それが敗戦の痛みによるものなのか、別離の痛みによるものなのかは分からなかった。

「いい一期一会だったね」

男が好きだった言葉が、初めて本来の重みにふさわしい場所で使われたような気がした。直志も「ええ、いい一期一会でした」と応えた。

「コーチ代、本当に要らないの？」

「よしてくださいよ」

「じゃあお言葉に甘えて、このカネで息子にカメラでも買って行ってやるかな。なんて言ったっけ、そのカメラ」

「ライカのＭ６です」

「横浜方面ならどこで売ってる？」

「横浜駅の西松《にしまつ》カメラならあると思います」

直志は高校時代からガラス越しにいくつもの名機を眺めてきた店の名を告げた。

「西松カメラね。オーケー。それじゃ、ここで」

男がこちらに背を向けて歩きだした。小さくも懐かしい背中が、とぼとぼと遠ざかっていく。

これが永遠の別れになりそうだった。

「時岡さん」

直志は次に継ぐべき言葉も考えずに、男を呼び止めていた。ん？　と男が振り返る。直志は咄嗟に言葉を探した。

「最後に一つだけ、訊いてもいいですか」

「ああ、いいよ」

口をついて出てきたのは自分でも意外な台詞だった。

「食べられないもう一つのものって、なんです？」

なんだ、そんなことか、というふうに男は微笑んだ。

「銀杏。どうも苦手なんだよ、あの匂いが」

初耳だった。たしかに父が銀杏を食べている姿は記憶になかった。

これで話柄《わへい》は尽きた。今度こそ男は出口のアーチへ向けて歩きだした。どこか異世界へ吸い込まれていくような後ろ姿は、ユージン・スミスの「楽園への歩み」を連想させた。直志はライカを構えて、男の背中を撮った。

アーチの向こう側へ出ると、男は一度こちらを振り返った。そして「あれっ？」という表情を浮かべた。なにか異変に気づいたらしかった。男はあたりを見回し、空を仰いだ。そしてこちらへ向き直った時には、すべてを悟った人の微笑を泛《うか》べていた。

「頑張ったな、直志」

男の声が耳元で聞こえた気がした。それは直志が、父に最も掛けてほしいと願っていた一言だった。

「父さん！」

直志は叫び、男のもとへ駆け出した。男の微笑に深みが増した。同時に、男の姿が透け始めた。男は直志の歩んできた人生をまるごと抱擁してくれるような微笑を浮かべたまま、だんだんと薄まっていった。消えないで、と願った。だが直志がアーチをくぐろうとした瞬間、男の姿は消えた。まるで空気に溶けていくように。心に沁み入るような微笑だけを残して。

26

アーチをくぐり、男のいた場所に立った。周囲には誰もいなかった。場内を振り返ってみた。そこにも客の姿は一人も認められなかった。

状況を整理してみる必要があった。男はいなくなり、周りの客たちは消えた。競輪場は、しんと静まり返っている。これは何を意味するのだろう。答えは喉元まで出かかっている気がした。だがレースで沸騰した頭と、別離で疲れた心には、すぐに言葉が浮かんでこなかった。

額に汗が滲んだ。蒸し暑い。まるで元の世界に戻ったようだ——と感じたところで、それが答えだと気づいた。そのとき、声がした。

「帰れ」

あの謎の声だった。声のした方角を振り向いた。地蔵の傍らに、赤茶けたポロシャツを着た老人が立っていた。

直志の中で何かが氷解した。そういえばあの老人は、直志が地蔵の近くにいると、いつも何処からともなく現れた。そして時おりこちらの胸中を見透かしたようなことを口にした。直志はある種の確信めいたものを抱きながら、老人のもとへ歩み寄っていった。

「あなただったんですね。僕に『行け』だの、『来い』だのと指令を出していたのは」

まあな、と老人はさして面白くもなさそうな顔で頷いた。

「誰なんですか、あなたは」

「俺か？　俺は、こいつだよ」

老人が地蔵の頭を撫でた。

「お地蔵さんってこと？」

直志は驚きの声をあげた。その呼び方、あんまり好きじゃねぇんだと老人は顔をしかめた。

「すみません。でも、なぜ僕にあんな指令を？」

「おめぇのオヤジに願掛けされたからだよ」

「父に？　いつ？」

「開催初日」

そういえば男は伊東競輪場に着いた日に、この地蔵に手を合わせたと言っていた。父はどんな願掛けをしたのだろう。老人に尋ねてみたが、教えられないと首を横に振られた。「気の毒だけど、俺たちにも守秘義務ってもんがあるからよ」

だが直志はどうしても知りたかった。この奇跡的な体験の発端となった父の願いごとを。もういちど懇願すると、老人は仕方ねぇなとつぶやき、思いがけないことを口にした。

「餡子《あんこ》の食いもん、持ってるか？」

今度は直志が首を横に振る番だった。老人はため息をついた。

「持ってたら、それと引き換えに教えてやろうと思ったのによ」

「買ってきます。ここら辺ならどこで売ってますか」直志は前のめりになって尋ねた。

「それを待つほど俺も暇じゃねぇよ」

老人は頬のあたりをぽりぽりと掻きながら言った。

「ま、おめぇは珈琲をご馳走してくれたから特別に教えてやるか。でも絶対に内緒だぞ。〝うちの倅《せがれ》がカメラマンを目指すと言っています。私は四日後に亡くなりますが、もしあいつが行き詰まったら、私に代わって助けてやってください〟だいたい、そんなところだ」

思いも寄らない願いごとだった。てっきり男は競輪で勝つことを願ったとばかり思い込んでいた。

「たいていの願いごとは面倒くせぇから聞かなかったことにするんだけど、おめぇのオヤジは賽銭を一万も奮発してくれたからよ。地獄の沙汰もカネ次第ってやつだ」

疑問が浮かんだ。この老人は男の願いをずっと覚えていたのだろうか。そして三十年後に実際に行き詰まった直志を、こちらの世界へ召喚《しょうかん》してくれたということか。

「俺にとっちゃ、三十年くらいどうってことねぇよ」直志の疑問を見透かしたように、老人が言った。「何年生きてっと思ってんだ」

そこで新たな疑問が浮かんだ。

「あなたは時間を行ったり来たりできるんですよね。だったら二〇二三年のお札もご存知なんじゃないですか。なんで驚いたんですか」

「おめぇに状況を気づかせるために決まってんだろ」

「神社をタイムスリップの場所に選んだのは？」

「あそこが俺の本宅なんだ。だからあそこだと、いろんな霊力《リキ》が使いやすい。ここへは何百年か前に分祠《ぶんし》されてきた」

そういえば老人は、この地蔵のあたりは縄張《シマ》だが、別宅みたいなものだと言っていた。

「地蔵の前だけスマホが繋がるようにしたのは何故ですか」

「いちいち神社まで戻るのは手間だろ。だから大サービスしてやったんだよ。お前らの時代の人間は、電波《あれ》がねぇと何も始まらねぇからな」

「父に財布を届けたのも、シナリオ通りだったんですね」

「いや、あれだけは想定外だった。あの野郎、案外おっちょこちょいだよな」

なぜ男に直接届けなかったのか訊ねると、あいつには俺の姿が視《み》えねぇからだと老人は答えた。たしかに男に「あの赤茶けたポロシャツの人が財布を届けてくれたんです」と告げても、どの人物を指しているのか分からないと首を傾げていた。ひょっとしたらこの老人の姿が見えていたのは、自分だけだったのかもしれない。

老人があれこれ注文《オーダー》してきたのは、賽銭代わりの要求だったのだろうか。地蔵に手を合わせたとき、直志は賽銭をケチったから。直志は恐る恐る老人に尋ねた。あの千円札は返して頂けるんでしょうか、と。老人はふふんと鼻を鳴らして答えた。

「お察しのとおり、あれは賽銭代わりに貰っとくよ。ともかくも、これで義理は果たした。達者でな」

そう言うと、老人はふいに消えた。赤茶けたポロシャツが、地蔵の赤い前垂れとまったく同じ色だと気づいたのは、その後のことだった。

27

玲司の部屋をノックした。

「いまからネットでマウスを注文すれば、大会に間に合うかな?」

スマホを見ながら返事を待った。１００％までバッテリーが回復したスマホは、元気を取り戻した病人のように見える。

ドアが開いて、玲司が姿を現した。

「もう間に合わないから、今から横浜まで一緒に買いに行こうよ」

直志は驚きのあまり、すぐには返事ができなかった。会うのは二日ぶりのことだが、気のせいか、玲司はずいぶん大人びたように感じられた。

「お、おう。行くか」

二人は車で横浜駅の近くにある家電量販店へ向かった。直志は運転しながらも、そわそわした気持ちが続いた。玲司から外出に誘われるなんていつ以来のことだろう。

ゲーミング機器コーナーは目を見張るような充実ぶりだった。見やすいように湾曲した高画質のディスプレイや、きらきらと七色に光るキーボード、座り心地のよさそうなゲーミングチェアがずらりと並んでいる。

この業界は直志が知らないうちに巨大産業になっていたらしかった。プロゲーマーなんて、所詮は夢の世界の話だと思っていた。だがこれを見る限り、まったく可能性がない訳でもなさそうだ。

玲司のために新たなポイントカードを作り、マウスを買ったポイントはすべてそこに付けた。

「このポイントって、今日から使えるの？」

「ああ、使えるよ」

「それならケーブルも見ていっていい？」

売り場を移動し、そこで玲司は慎重に時間をかけてケーブルを選んだ。支払いはすべてポイントで済ませた。

そのあとマクドナルドへ行った。玲司は箱を開けて嬉しそうにマウスを手に取った。直志の父は十六歳のときに、父親からブルーバードをプレゼントされた。直志は十六歳のときに、父親からライカをプレゼントされた。玲司はゲーミングマウスだ。息子の笑顔を見るのは本当に久しぶりのことで、直志はそれだけで胸が一杯になった。

「ところで、どうして国会図書館へ行ってくれる気になったんだ？」

「どうしてって……」玲司が首をかしげながら答えた。「そろそろ外に出なきゃと思ってたし。それに、変な声が聞こえた気がしたんだよね。『行け』って声。なんか、どっかから」

直志は驚きと共に老人のとぼけた顔を思い浮かべた。老人は直志から千円札を巻き上げるかわりに、玲司の面倒まで見てくれたのだ。直志が地蔵に手を合わせたときの願いが「息子が元気になって外出してくれますように」だったから。

玲司が晴れやかな顔で告げた。

「国会図書館、なんか楽しかった。また一人で昔のゲーム雑誌とか見に行くかも」

この一言からもたらされた歓びは大きかった。直志は自分たち父子に、柔らかな光が射してくるのを感じた。玲司もまた暗いトンネルを抜けたのだ。

玲司を外へ連れ出すヒントをくれたのは男だった。直志も「頑張ったな、直志」という男の一言に、これまでの苦労が報われる思いがした。自分はあの一言を聞くために、あちらの世界へ行ったのかもしれないと思った。

「頑張ったな、玲司」

直志は男のように言ってやった。玲司は輝くような笑顔で「うん！」と頷いた。玲司が欲していた言葉もまた、「外に出ろ」や「社会に復帰しろ」ではなく、この一言だったのかもしれなかった。男は身を以って教えてくれたのだ。父と息子は、この一言だけで響き合えるのだということを。

「父さんはしばらく、中華料理店で働くことにしたよ。それでいつか、家族写真専門の写真館を開くのが夢だ」

「へーぇ。だったら旨いチャーハンの作り方を教わってきてよ。もう冷凍チャーハンは飽きてきた」

「オーケー。皿洗いを卒業できたらな」

「そういえば、あの人誰だったの？」

「あの人って？」

「ほら、俺が電話で喋らされた人」

「ああ。あれは〝旅先の仲間〟だよ。お前、あの人と内緒話してたよな。なんて言ってたんだ？」

玲司は照れくさそうにした。それから意を決し、なおも恥じらいつつも、男の台詞を教えてくれた。

「父親にとって、息子はいるだけで自慢の存在なんだって。そうなの？」

そうかもな、と直志は頷いた。二人して、照れ笑いを浮かべた。

帰りに、西松カメラのあった場所を通ってみた。とうに店は無くなり、細長い商業ビルに建て替えられていた。直志は店の跡地を通り過ぎるとき、ありがとう、父さんと呟いた。

＊

後日、ライカのフィルムを現像した。

男の姿はどこにも写っていなかった。大室山のリフトで後ろから撮った写真にも。山頂で入道雲をバックにした写真にも。別れ際に競輪場のアーチの下で撮った写真にも。写っているのは無人のリフトと、白い入道雲、それに人けのない競輪場のアーチだけだった。

だがそこには何者かの気配が濃厚に漂っていた。いない者の存在が表現されていたのだ。これが俺の代表作になってもおかしくないな、と直志は思った。

タイトルは「マイ・グレート・ファーザー」。
見える人には見えるだろう。
この写真のなかに、永遠の姿をとどめている父の姿が。

本書は書き下ろしです。

平岡陽明（ひらおか・ようめい）

一九七七年生まれ。慶應義塾大学文学部卒業。出版社勤務を経て、二〇一三年「松田さんの１８１日」でオール讀物新人賞を受賞し、デビュー。一九年刊行の『ロス男』で吉川英治文学新人賞の候補に。他の著書に『ライオンズ、１９５８。』『イシマル書房編集部』『ぼくもだよ。神楽坂の奇跡の木曜日』『道をたずねる』『素数とバレーボール』など。

マイ・グレート・ファーザー

二〇二五年二月二〇日　第一刷発行

著　者　平《ひら》岡《おか》陽《よう》明《めい》
発行者　花田朋子
発行所　株式会社　文藝春秋
〒一〇二－八〇〇八
東京都千代田区紀尾井町三－二三
☎〇三－三二六五－一二一一

印刷・組版　萩原印刷
製本所　大口製本

　Printed in Japan　ISBN978-4-16-391946-1